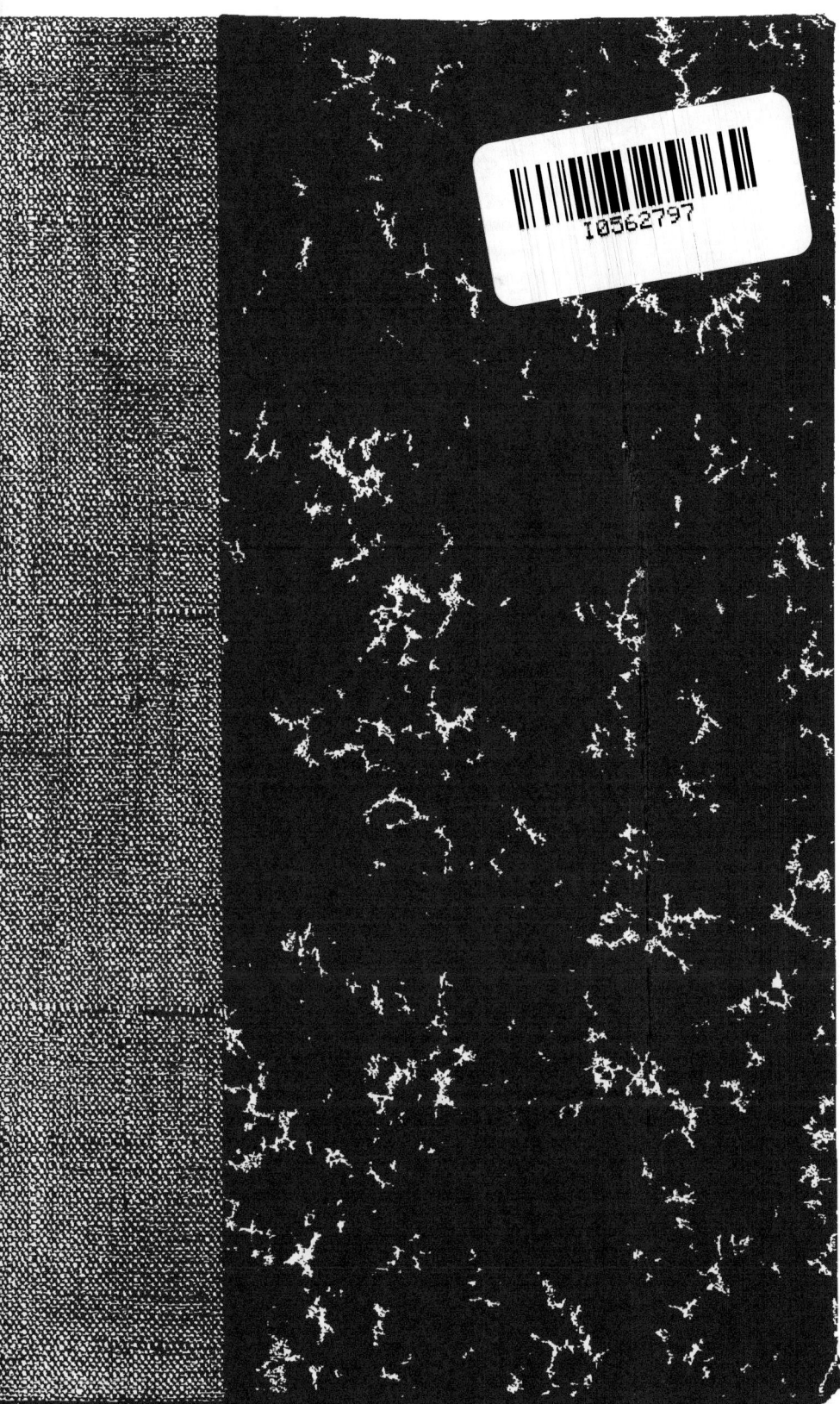

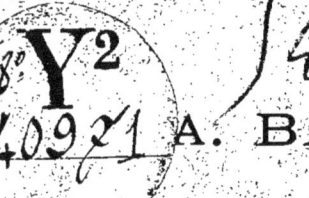

PRIX : 60 centimes.

A. BARBUSSE

L'ANGE DU FOYER

PARIS

ERNEST FLAMMARION, ÉDITEUR

26, rue Racine, 26.

L'ANGE DU FOYER

ÉMILE COLIN, IMPRIMERIE DE LAGNY (S.-&-M.)

A. BARBUSSE

L'Ange du Foyer

PARIS

ERNEST FLAMMARION, ÉDITEUR

26, RUE RACINE, PRÈS L'ODÉON

L'ANGE DU FOYER

I

RETOUR DE ROME

— Peut-être M. Puychabaud est-il dans son atelier, dit la bonne au visiteur. Si monsieur veut me suivre...

Et, sans attendre de réponse, elle traversa le salon et poussa la porte que dissimulait une portière.

— M. Puychabaud n'est pas là? demanda-t-elle.

Si l'homme à qui s'adressait cette question s'était retourné pour répondre à son interlocutrice, on aurait pu le voir très absorbé dans une opération fort délicate, qui parais-

sait exiger une, attention soutenue et qui con-
sistait à remplir de tabac le fourneau d'une
pipe en terre. Mais il ne daigna pas se déranger, continuant à ne montrer de sa personne qu'une échine remarquablement maigre,
étroitement prise dans un veston collant et
qu'allongeait encore une chevelure très rêche,
retombant sur le dos, comme pétrifiée, en
queue de rat ou plutôt, en queues de rats. Il
se contenta de répondre par un sec « Non! » à
la question qui lui était posée.

Le visiteur, déçu, tendit sa carte à la bonne
en la priant de dire à M. Puychabaud, quand
il rentrerait, que son ami Paul Gourlet était
venu le voir.

— Gourlet! glapit l'homme qui, de surprise,
laissa choir sa pipe, laquelle, arrivée sur le
parquet, se sépara en plusieurs morceaux.

— Ah bah! Pradilleau! cria Gourlet à son
tour, non moins étonné. Que diable fais-tu
dans cette maison ?

Pradilleau, qui contemplait d'un œil navré
les débris de pipe tristement épars sur le parquet, répondit mélancoliquement :

— Tu le vois : je casse des pipes !

— Ce n'est pas un métier, cela ! remarqua Gourlet en riant.

L'autre répondit avec amertume :

— Voilà où je suis descendu : exercer un métier qui n'en est pas un !

— Mais tu ne fais pas que casser des pipes, que diable !

— Non, je les bourre.

— Ensuite ?

— Je les fume. Voilà ma vie !

Il soupira, dolent :

— Un artiste de talent comme moi !

Il ramassa les éclats de pipe et soupira de nouveau en les regardant dans sa main :

— C'est un deuil pour moi. Voilà six mois que je travaillais à revêtir ce corps charmant des plus chaudes teintes de l'arc-en-ciel. Ma première caresse avait eu son premier frissonnement de vierge. Ah ! les heures délicieuses que nous avons passées ensemble, depuis le moment où toute pâle et frileuse dans sa blanche nudité elle ressemblait à une aube naissante, jusqu'à celui où, vêtue de pourpre

et d'or, elle flamboyait comme un coucher de
soleil ! Encore quelques jours et l'évolution
était accomplie : l'enfant qui ignore tout devenait la femme qui n'a plus rien à apprendre...
Le destin ne l'a pas voulu... Pauvre Isabelle,
tu meurs avant de savoir ce que la vie renferme de voluptés inconnues !

Gourlet s'excusa de son mieux d'être la
cause indirecte de la fin imprévue d' « Isabelle ». Il promenait en même temps un regard
curieux autour de lui. La chambre dans laquelle il venait d'être introduit était à peu
près vide. Une grande baie ouverte au Nord,
un chevalet dans un coin, une estrade de modèle au fond et, jetés pêle-mêle sur une table,
une boîte à couleurs, une palette et quelques
menus objets indiquaient clairement un atelier de peintre.

De plus, les murs absolument nus, des
caisses non ouvertes, quelques toiles debout,
la face tournée contre le mur, indiquaient aussi
que le peintre se trouvait en plein emménagement.

Mais le plus bel ornement de l'atelier était

Pradilleau. Vu de face, il paraissait plus long
que vu de dos. Son visage osseux, troué de
grands yeux ardents et piqué de poils rigides
comme sa chevelure dont ils semblaient le
prolongement, lui donnait un air d'ascète qui
jeûnerait le jour et s'amuserait la nuit. Il
cherchait à terre les ruines de sa pipe et, à ce
moment précis, accroupi sur le parquet, le
corps ratatiné en N, l'abdomen pressant les
genoux et les tibias collés aux fémurs, cet être
bizarre était lamentable à voir.

Son interlocuteur — dont le nom, nous
l'avons entendu, était Paul Gourlet — pouvait
se classer dans la catégorie élastique des
« gentils garçons ». Vingt-huit ans environ,
grand et mince, d'un blond un peu trop indécis, mais dont la fadeur était relevée par de
grands yeux bleus d'une clarté à la fois aiguë
et douce, un nez busqué d'homme résolu, une
bouche souriante et fine, — physionomie point
banale, après tout, bien qu'elle eût cruellement à souffrir du voisinage de Pradilleau
dont la flamboyante trogne enlevait tout relief
aux choses d'alentour.

— Tu peins toujours? demanda le jeune homme en s'asseyant sur une caisse.

— Non. J'ai lâché le grand art. Peut-être est-ce le grand art qui m'a lâché. On n'aime pas à approfondir ces questions. Et pourtant — tu ne l'ignores pas — j'avais beaucoup de talent.

— Tu viens de me le dire.

— C'est bon à répéter, ces choses-là : on les répète parce qu'on y croit, puis on y croit parce qu'on les répète.

Il se mit à rire d'un rire à la fois sarcastique et mélancolique.

— Toi que j'ai connu si gai à l'Ecole des Beaux-Arts! remarqua Gourlet, pris de pitié.

— Oh! depuis lors, j'ai fait bien des métiers : modèle, accordeur de pianos, conférencier à la Bodinière, professeur de billard... Aujourd'hui, je suis larbin.

— Larbin?

— Il y a six mois, je sortais de chez moi pour aller me jeter à l'eau, quand je rencontrai Puychabaud sur le pont de la Concorde. Il m'aperçut au moment où j'ôtais mon paletot. Il courut à moi et me dit avec émotion :

— « Pradilleau, je n'oublie pas que tu es mon ami ! »

Et il fit de moi... son domestique !

— Tu es dur pour Puychabaud !

— Jamais trop pour un homme qui m'abreuve d'humiliations ! Il m'a toujours fait sentir qu'il était riche et que je suis gueux : il me nourrit... Tiens, un exemple, entre mille, de son peu de délicatesse : toutes les fois que je lui demande cent sous, il me donne cent francs !

Et le bohème bouillait d'indignation.

— Mais, remarqua Gourlet souriant, tu n'as qu'à refuser.

— Pour avoir l'air d'un orgueilleux ? répondit Pradilleau visiblement blessé. Merci ! Je ne mange pas de ce pain-là !

Gourlet comprit qu'il ne fallait pas insister.

— Alors tu te déplais ici ?

— Non, pas trop... Je n'ai rien à faire. Et puis, on dîne tous les jours ; ça me change !

— Tu viens de Rome ?

— Ma première visite est pour Puychabaud.

— On a beaucoup parlé de ton envoi de
cette année.

— Tu l'as vu aux Beaux-Arts?

Pradilleau haussa les épaules.

— Depuis que j'ai retourné ma palette, dit-il
sur un ton presque cassant, la peinture est
morte !... Il n'y a plus de peinture !... Mon seul
musée est l'atelier de Puychabaud. Et ce n'est
pas la contemplation des croûtes de ce rapin
qui pourrait ressusciter à mes yeux un art
frappé d'impuissance, se débattant dans les
dernières affres de la mort.

Décidément, les malheurs avaient aigri Pradilleau. Gourlet se hâta de changer de conversation, mais l'ancien peintre saisissait volontiers l'occasion, dès qu'elle se présentait, de
revenir sur un sujet dont il était amoureux,
brutalement amoureux.

Il apprit à Gourlet que Puychabaud, dont
l'atelier était autrefois sur la Butte, faisait
construire une magnifique salle de travail dans
sa maison de l'avenue de Villiers et qu'il pro-
cédait en ce moment à son installation définitive.

— Tu vois, c'est tout neuf, continua-t-il. Ses tableaux sont encore dans ces caisses, mais hélas ! il les mettra sur les murs ! Tu reculeras plein d'épouvante. Ah ! le malfaiteur !... S'il avait du moins l'excuse de la misère ; s'il faisait de la peinture pour vivre... à la rigueur, on pourrait lui pardonner — la misère fait commettre tant de crimes ! — mais non, il est riche, très riche, rien ne le force à se livrer à ce métier déshonorant... Ah ! c'est un bien grand coupable !

— Allons donc ! le meilleur des hommes !

— Si tu veux. Je n'ai pas les moyens d'être têtu. Il parle souvent de toi, de tes succès... Veux-tu un conseil ? Méfie-toi !

— De qui ?

— Puychabaud prépare un mauvais coup.

— Contre moi ?

— Il veut te marier.

— Avec qui ?

— Sa belle-sœur.

— Il m'en a touché plusieurs mots dans ses lettres... Tu la connais, cette jeune fille ?

— Naturellement.

— Jolie ?

— Heu ! heu ! Seize ans à peine... corps d'enfant exsangue... C'est flou... indécis... incolore... Jamais Rubens n'aurait signé ça ! Et puis je la trouve un peu « tourte... »

— Comme c'est brossé ! fit Gourlet en riant.

— Dans son invincible naïveté, elle profère des choses énormes. Enfin, ce n'est pas mon genre !... Mais j'oubliais.... s'interrompit-il brusquement. Veux-tu que je te présente Sarah ?

— Sarah ? qu'est-ce que Sarah ?

— Une veuve, répondit Pradilleau en ouvrant un coffret qui se trouvait sur la table. C'est là que je tiens provisoirement mon sérail, ajouta-t-il. Regarde !

Il plongea la main dans le coffret et en sortit une pipe en terre, à talon, à laquelle, en artiste délicat, amoureux de son art, il avait donné, par un travail opiniâtre, une teinte admirable qu'il comparait volontiers à la divine patine de la *Vénus de Milo*.

— Mon cher Gourlet, Sarah, que je te présente, aux sévères lignes grecques... Si ce

profil un peu anguleux ne dit rien à ton
imagination, voici Cléo, un chef-d'œuvre de
grâce, exquis de forme en sa petitesse comme
un corindon hyalin que Vagner aurait ciselé
et Feuchère serti. Et voici Chloé qui ressemble
beaucoup à Cléo... Tu te demandes si je ne
suis pas fou ? J'ai cherché à corriger l'injus-
tice du sort, qui m'a donné une âme ardente
et une physionomie ingrate ; je me suis créé,
dans une atmosphère ambrée favorable aux
rêves, une vie factice où j'ai eu des succès et
où je me suis vengé des dédains de la femme,
car je suis mauvais au fond... Si, si, je suis
mauvais !... Exemple, tiens, quand j'ai fait la
connaissance de Sarah... elle était alors immaculée... Je la vois encore avec sa robe blanche
et son teint pâle de vierge... Tu vois que je te
parle de loin !... Eh bien ! à peine en eus-je
fait une femme que je la lâchai méchamment
pour courir après Yvette, que voici, — une
autre maigre. J'aimais les maigres alors... Et
j'ai fait d'Yvette ce que j'avais fait de Sarah,
ce que j'ai fait de Rosita la brune, de Jane la
blonde, de Silly la gavroche, de Myrill l'étran-

gère — des veuves !... Ah ! c'est doux, la vengeance ! Mais pardon si je te quitte, ajouta-t-
il brusquement, c'est l'heure de l'apéritif... et
pour rien au monde...

— Va, mon cher Pradilleau !

Sur le seuil de la porte, après avoir serré
chaudement la main de Gourlet, le rapin
s'arrêta net et dit sentencieusement :

— Ami Gourlet, si tu tiens à la liberté, la
plus noble conquête que l'homme ait jamais
faite — après le cheval automobile, — méfie-
toi de Puychabaud, ou dans trois mois d'ici,
tu seras marié !

Et il sortit.

II

L'INGÉNUE

« Toi que j'ai connu si gai à l'Ecole ! » s'était
écrié Gourlet en voyant s'agiter mélancoliquement la taroupe de Pradilleau plantée
comme une haie d'épines entre les deux
forêts incultes de ses sourcils. Les souvenirs
de Gourlet l'avaient trompé, ou peut-être
avait-il lancé cette phrase, comme on le fait
souvent, un peu à l'aventure, sans vouloir
serrer de trop près la réalité. La gaieté de
Pradilleau avait toujours été quelque peu
macabre : l'abus des apéritifs, un orgueil dé-
mesuré allié à un profond dédain du travail

2

— il hantait plus volontiers la brasserie que l'atelier — avaient fortement développé en lui les racines de cette plante si commune qu'on la rencontre partout et dont le fruit s'appelle vulgairement « fruit sec. » Il en avait conscience et en voulait mortellement à la société.

Tandis que Gourlet, presque attristé, faisait ces réflexions et contemplait le coffret où s'étiolaient, délaissées, les nombreuses veuves du bohème, la portière se souleva brusquement, quelque chose de pétulant s'élança dans l'atelier et une voix fraîche, toute jeune, cria :

— Oh ! si vous saviez, Nestor...

La phrase s'arrêta net et la petite chose pétulante resta au milieu de la chambre, interdite, ne sachant sur quel pied se tenir, car elle avait des pieds — oh ! combien petits ! — une tête charmante, toute blonde, des yeux tout bleus agrandis par l'étonnement de voir un étranger qui la fixait avec curiosité, et une bouche toute mignonne arrondie, par ce même étonnement, en un o qui serait rouge et aurait des dents anches.

— Oh! pardon, monsieur... balbutia-t-elle.

Gourlet fut si surpris par cette aimable apparition qu'il eut une question stupide :

— Est-ce à Mme Puychabaud que j'ai l'honneur de parler? demanda-t-il.

— Oh! non, monsieur!

— Je le regrette pour lui, fit Gourlet essayant de racheter sa maladresse par une ânerie.

— Je suis encore demoiselle, répondit la jeune personne avec un sourire, et elle ajouta, presque en confidence : Mais si j'en juge d'après ce que je vois, je ne le serai pas longtemps !

Gourlet sourit à son tour. L'hésitation n'était plus permise : il avait bien devant lui celle que Pradilleau avait qualifiée du vocable inconvenant de « tourte » et d' « ingénue aux choses énormes. »

— Vous comprenez, continuait l'enfant, je ne suis plus une petite fille. On n'est pas arrivé à mon âge sans avoir beaucoup d'expérience...

— Je crois bien !

— Je vois depuis six mois des allées et des
venues qui dénotent chez maman un plan de
campagne bien arrêté : elle me cherche un
mari !

— Vraiment ?

— Oh ! on ne me trompe pas, moi !... D'autant plus que je l'ai déjà vue à l'œuvre une
première fois, à l'époque du mariage de ma
sœur Zyte avec M. Puychabaud. C'est une
récidive !

— Diable ! c'est grave !

— Je m'attends à tout !

Et en disant ces mots la petite soupira, ré-
signée.

Gourlet reprit gaiement :

— Alors, vous allez vous marier ?

— Il faut bien faire une fin !

— Peste ! c'est finir avant d'avoir com-
mencé.

La jeune fille regarda son interlocuteur avec
surprise :

— Vous n'y pensez pas, monsieur ?... A
seize ans !... Mais il y aura bientôt six mois
que je ne vais plus au cours !

— Vous m'en direz tant ! fit gravement Gourlet, qui ajouta poliment : J'envie l'heureux mortel...

—Oh ! je n'ai pas fait de choix encore! J'examine... je regarde... j'étudie... je ne me déciderai pas à la légère.

— Elle ajouta avec conviction :

—'Se marier, c'est chose grave!

— Oh ! très grave !

Debout près de la table, elle avait saisi machinalement un morceau de fusain et sa petite main aux longs doigts effilés s'amusait à tracer des formes incohérentes sur une feuille de papier. Gourlet regardait en artiste la grâce exquise de la ligne générale de ce corps penché, cette taille hardie et souple comme une câlinerie de chatte, cette courbe du cou d'une pureté de marbre. Quant au profil, Gourlet était obligé de s'avouer qu'il n'avait jamais vu un visage aussi semblable aux visages qu'on rêve et qui vous quittent au réveil.

Il s'enhardit et, pour atténuer ce que ses paroles pouvaient avoir de trop osé, il y mit mit beaucoup d'enjouement :

— Et s'il me prenait fantaisie de poser ma candidature ?

— Je vous répondrais : « Trop tard ! »

— Ah ! fit Gourlet, décontenancé ; mais vous me disiez tout à l'heure que vous n'aviez pas fait de choix ?

— Moi, non... mais mon beau-frère a fait le sien... Je le sais par Zyte qui me l'a confié sous le sceau du secret et à qui on l'avait confié de même.

Elle murmura plus bas, en rougissant, presque honteuse :

— C'est un peintre comme lui.

— Ah ! fit Gourlet flatté.

— Mais de beaucoup plus de talent, par exemple ! Il a été envoyé à Rome par l'Ecole des Beaux-Arts... un garçon d'avenir !... Je suis allée voir son envoi de cette année : j'ai été saisie...

— D'horreur ?

— D'admiration.

L'enfant aux choses énormes frappa ses deux mains l'une contre l'autre en s'écriant :

— Ah ! que c'est beau !

Gourlet se dit : « Cette fille a du goût ! »

Il s'approcha d'elle, les yeux plus brillants qu'il n'était de raison peut-être. Elle le regarda quelque peu troublée, puis conclut comme à regret :

— Voilà pourquoi, monsieur, j'ai le devoir de vous dire : « Trop tard ! »

— Pardon, mademoiselle, c'est que vous n'épousez pas seulement l'artiste. L'artiste est doublé d'un homme, et si le premier parle à votre imagination, le second peut ne rien dire à votre cœur.

— Le talent fait toujours une auréole. Oh ! j'ai des idées très arrêtées là-dessus.

Ils étaient maintenant tous les deux près de la table. La jeune fille avait rejeté le fusain sur la feuille de papier noircie de choses bizarres et, pour expliquer sa théorie, elle appuya ses mains d'enfant sur la table et leva les yeux sur son interlocuteur, et elle les avait d'un bleu profond, d'un beau bleu fait de beaucoup d'azur. La main de Gourlet à son tour s'égara sur la table et, inconsciemment ou non, frôla celle de sa compagne.

Elle tressaillit légèrement et retira ses mains tandis qu'une vive rougeur colorait ses joues : elle venait de comprendre tout à coup ce que les confidences intimes d'une jeune fille à un monsieur, qu'elle ne connaissait pas, avaient d'insolite et même d'inconvenant. Cette constatation lui fit perdre contenance. Elle resta quelques instants interdite, puis elle balbutia, de plus en plus confuse :

— Je ne sais pas pourquoi je vous parle ainsi... Ce n'est pas convenable.

Puis, comme s'accrochant à un espoir qui serait une excuse :

— Vous êtes un ami de mon beau-frère ?

— Son plus intime ami.

Il ajouta à demi-voix :

— J'arrive de Rome.

— De Rome ? fit la jeune fille d'une voix étranglée.

Elle eut un effarement comique.

— Ah ! mon Dieu ! est-ce que par hasard ?...

— Oui !

Elle recula.

— Monsieur Gourlet ?

— Lui-même !

Elle resta d'abord atterrée, puis, poussant un long cri d'horreur, elle s'enfuit en appelant d'une voix terrifiée :

— Zyte ! Zyte !

III

MADAME LABOURDETTE

Gourlet l'avait suivie des yeux, rêveur, délicieusement flatté à l'idée que cette adorable créature lui avait donné, sans le connaître, la place d'honneur dans le coin le plus pur de son souvenir, comme ces pieuses gens qui creusaient autrefois des niches blanches à l'angle de la maison la plus apparente du carrefour, pour y dresser la statuette de la sainte Vierge.

Il était encore sous le charme, quand un bruit de voix et de pas se fit entendre dans la salle voisine.

Deux cris joyeux partirent à la fois :

— Gourlet ! Puychabaud !

Nestor Puychabaud pouvait avoir trois ou quatre ans de plus que Gourlet. C'était un solide gaillard, grand, bien découplé, au visage pléthorique et rayonnant, à l'opulente barbe de fleuve, dont la belle nappe frisée se séparait, au confluent du menton, en deux bras parallèles coulant, majestueux, avec des irisations d'opale, le long de sa poitrine. On sentait, à la seule façon dont il la caressait, qu'il était fier de cet ornement auguste, et que Samson ou les rois mérovingiens ne devaient pas caresser autrement leurs cheveux.

Les premières effusions passées, Puychabaud conduisit Gourlet auprès de sa femme qui venait justement de recevoir les confidences éplorées de Mlle Labourdette, sa sœur, et qui accueillit le jeune peintre avec son plus aimable sourire. Elle était du reste charmante, Mme Zyte Puychabaud, et son sourire n'avait rien de déplaisant. Petite et mignonne comme Jocelyne — c'était le nom de Mlle Labourdette, — elle avait en plus cette autorité, sûre de soi, que donnent à la femme une existence heureuse et la conscience d'être jolie. En outre, Mme Puychabaud était fière d'être adorée de son mari, un peintre génial, qui serrait de près le plus grand artiste du siècle — *alias* Puvis de Chavannes — et commençait même à entamer sa réputation, « comme la lune échancre le soleil avant de le recouvrir de son disque ».

Cette image — œuvre poétique de l'imagination de Zyte — ne se contentait pas d'être banale, elle était peu flatteuse, en somme, pour son mari, puisqu'une éclipse, chacun le sait, n'est que momentanée et que le soleil n'en paraît que plus radieux et la lune que plus piteuse lorsque, son coup manqué, on la voit, comme l'obscur blasphémateur de Pompignan, s'éblouir et s'effacer dans les torrents de lumière qu'elle avait la prétention d'éteindre.

Mais la femme qui aime n'est pas logique. Le jour où elle commence à l'être, elle aime moins, et le jour où elle l'est tout à fait, elle n'aime plus.

Gourlet n'eut pas le temps de se livrer à ces profondes réflexions philosophiques. Il fut conquis tout de suite par l'aspect riant de cet aimable intérieur et s'y sentit à l'aise. Il fut convenu qu'il resterait à dîner.

— J'ai vu à l'Ecole ton envoi de cette année, lui dit Puychabaud. Pas mal, cette petite machinette !

— Ah ! fit Gourlet légèrement démonté.

— Oui, oui, il y a des promesses... Je t'aiderai de mes conseils, de mon expérience...

Il s'interrompit brusquement pour dire à sa femme :

— Pas encore de retour ?

— Qui ?

— Belle-maman.

— J'ai demandé deux fois à Joséphine, répondit Zyte.

— Comme elle tarde aujourd'hui ! — A propos, Gourlet, je te présenterai à belle-maman... et à Jocelyne aussi. — Pourvu qu'il ne lui soit rien arrivé !

— A Mlle Jocelyne ? demanda vivement Gourlet.

— Non, à sa mère... Je suis inquiet.

— Tu m'effrayes, mon ami, fit Zyte.

— Voilà bien des affaires pour belle-maman ! pensa Gourlet presque choqué.

La conversation, un instant égarée sur belle-maman, revint aux questions artistiques, et incidemment à l'installation provisoire — on était alors en 1889 — des deux Salons sur l'emplacement de l'abattoir de Grenelle où la boulimie parisienne avait fait tant de victimes. Puychabaud n'était pas pour l'abattoir. Il aurait voulu que le gouvernement, père nourricier de l'Art, réquisitionnât tout simplement, sur les grands boulevards, l'hôtel du Crédit lyonnais, dont le personnel, pouvait sans inconvénient être versé dans les nombreuses annexes de cette société financière que tolère la capitale. Il faisait ressortir ce que des intérêts purement commerciaux avaient de secondaire en présence des intérêts sacrés de l'art, lorsqu'il s'arrêta de nouveau brusquement en disant :

— Écoutez !

— En effet, tressaillit Zyte, cette voix...

Ils étaient là, tous les deux, anxieux, la respiration coupée, le buste en avant, le cou tendu, la conque de l'oreille un peu dilatée.

— C'est elle !

— Enfin !

Puychabaud, debout sur le seuil de la porte, cria bientôt joyeusement :

—Hé ! arrivez donc, belle-maman !

Un bruit de porte qui s'ouvre, une vague forme qui se glisse dans la pénombre, s'allonge comme une larve, se rapproche froufroutant et vient enfin se préciser en pleine lumière : c'est le monstre ! — Gourlet n'en put croire ses yeux en apercevant une délicieuse petite femme, de cinquante à cinquante-cinq ans, très pétulante d'allures, aux yeux vifs, au sourire bon et malicieux.

— Mon gendre ! fit gaiement l'aimable apparition en ouvrant ses bras.

— Belle-maman ! répondit Puychabaud en s'y jetant.

— Ma fille !

— Maman !

Nouvelle accolade.

« Va-t-elle m'embrasser aussi, belle-maman? » se demanda Gourlet.

Mme Labourdette l'aperçut.

— Oh! pardon, monsieur, fit-elle en riant, excusez cette effusion de famille...

— Paul Gourlet, prix de Rome, le charmant garçon dont je vous ai tant parlé. — Ma belle-mère, Mme Labourdette...

Gourlet était conquis. Décidément, très appétissante encore, Mme Labourdette! Malgré sa couronne de cheveux blancs, elle était restée assez jeune pour se permettre, sans être ridicule, la coquetterie de la toilette, dont elle usait du reste avec mesure et goût.

— Madame, je le vois, arrive d'un long voyage? fit-il observer.

— Du tout... j'habite au-dessus.

— Ah bah!... je croyais...

— Je suis allée déjeuner à deux pas, chez une amie, rue de Prony... Ne trouvez-vous pas qu'il a l'air un peu fatigué?

— Puychabaud?

— Mais non, belle-maman.

— Vous travaillez trop. — N'est-ce pas, Zyte?

— S'il voulait m'écouter !...

— Ah ! que c'est imprudent ! Votre santé avant tout, mon gendre.

— Me gâte-t-elle assez, cette bonne petite maman ! fit Puychabaud ému, prenant Gourlet à témoin.

Elle ne s'en cachait pas ; elle gâtait son gendre, et pour prouver qu'elle était bien décidée à ne pas s'arrêter en si beau chemin, elle ajouta :

— Savez-vous ce que je viens de donner à la cuisinière ?

— Son congé !

— Mais non !... la recette de cette fameuse timbale hongroise dont je vous ai parlé. Vous en mangerez ce soir, gourmand !

Cette perspective enchanta Puychabaud, qui était en effet très gourmand et avait à un haut degré la reconnaissance de l'estomac. Tout en faisant en termes enflammés l'éloge de la timbale hongroise, Puychabaud, debout, appuyait le dos contre l'espagnolette de la fenêtre.

— Ne restez pas là ! fit tout à coup Mme Labourdette inquiète : vous êtes dans un courant d'air.

— Je viens d'éternuer.

— Là ! voyez-vous ! — Zyte, tu devrais faire mettre de doubles bourrelets.

— Ce n'est rien : un petit rhume de cerveau.

— C'est toujours sérieux, un rhume de cerveau ! A Nice, j'ai acheté pour vous quelques flacons d'eucalyptus : vous allez en prendre un verre. — Si ! si ! Excellent, l'eucalyptus !

Avant de sortir, elle jeta un coup d'œil autour d'elle et demanda à Puychabaud ce qu'il pensait de son nouvel atelier. Il dut avouer qu'il prenait tournure. Pour en rendre Gourlet juge, il ouvrit la porte de son atelier en disant à son ami :

— Regarde !

— J'ai déjà vu. Tu étais auparavant sur la Butte ?

— Oui. C'était très incommode ; sans compter que ma femme, dont l'imagination est vive, s'inquiétait de mes absences.

— Bien à tort assurément! constata Mme Labourdette.

— Est-ce qu'on sait jamais ce qu'un mari fait loin de sa femme?

— Est-elle bébé! fit Puychabaud en embrassant tendrement Zyte. Bébé, va!

Il ajouta, riant très fort :

— Croirais-tu, Gourlet, qu'elle a fait stipuler dans notre contrat de mariage que je ne travaillerais que dans les natures mortes!

— Très original !

— Et d'un commode! Enfin, que veux-tu, c'est signé et parafé... et avec moi quand c'est signé et parafé, ça dure toute la vie.

Il est certain que pour aménager un atelier aussi vaste et luxueux il avait fallu, prendre certaines libertés avec les dispositions primitives de l'appartement.

— J'ai fait abattre trois murs, déclara Mme Labourdette.

— Diable! Et le propriétaire de l'immeuble?

— Il n'a rien à lui refuser, le propriétaire! dit finement Puychabaud.

— Le propriétaire, c'est moi! expliqua

belle-maman, avec son bon sourire. J'ai cédé
le premier à mon gendre, j'ai gardé le second...
J'ai donc fait abattre trois murs et transformé
deux salles en un beau et vaste local, bien
aéré, — au Nord.

— Enfin ! il travaillera près de moi !

— Chère petite femme !

— L'excellente nature ! Il cède toujours.

— Toujours ! protesta Zyte, témoin l'abon-
nement du mardi à la Comédie-Française qu'il
me refuse obstinément.

— C'est que nous avons eu tant de faux
frais, cette année ! — Étonnant avec quelle
facilité, de faux, les frais deviennent vrais !

— A propos de frais, demanda Mme Labourdette, avez-vous vu les Saragosse ?

Cette question jeta Puychabaud dans une
grande perplexité. Il eut pendant quelques
instants, avec ses sourcils froncés, ses yeux à
demi clos, son front ridé par la tension de
l'esprit, l'air d'un homme livré aux médita-
tions les plus profondes : il cherchait les Saragosse !

Il les chercherait encore, dépité, si belle-maman ne les lui avait montrés du doigt, logés au rez-de-chaussée de la quatrième page d'un journal, sur le même palier que les autres chemins de fer espagnols.

— Voyez, ils ont baissé d'un franc. Ils ne descendront pas davantage : il faudrait acheter.

Puychabaud, soulagé à l'idée d'avoir enfin trouvé les Saragosse, dit gaiement :

— Achetons, belle-maman !

— Vous êtes plein de bonnes idées, constata Mme Labourdette en inscrivant quelques notes au crayon sur son carnet. C'est comme pour les Portugais... Si nous avions gardé les Portugais, cependant !

— Nous perdions 15,000 francs, affirma Zyte.

— Oh ! ton mari a du flair ! Il m'avait dit de liquider.

— Moi ? fit Puychabaud qui se rappelait mal.

— Comme pour les Saragosse, du reste. C'est une idée à vous... En attendant, voici des pantoufles bien fourrées que j'ai brodées à la russe dans mes moments perdus.

— Oh ! belle-maman !

— Vous me remettrez ensuite votre veston.

— Pourquoi faire ?

— Il est trop léger.

— C'est ce que je lui disais tout à l'heure, fit Zyte sur un ton de doux reproche.

— En vérité, ton mari n'est pas raisonnable. Je vais y mettre une doublure. J'ai de l'excellent molleton que j'ai acheté au Louvre à son intention.

IV

L'ANGE DU FOYER

Pendant cette scène, Gourlet était resté
muet de surprise. On l'aurait cru transformé
en lampadaire — il y en avait un de deux
mètres de haut à côté de lui — s'il n'avait à
plusieurs reprises fait un mouvement pour
chercher à découvrir, dans le dos, l'endroit où
cette femme extraordinaire cachait modestement ses ailes.

Dès qu'ils furent seuls, Gourlet dit à son
ami :

— Veuve, belle-maman ?

— Oui.

— Son nom ?

— Labourdette.

— Cher ami, j'ai l'honneur de te demander la main de Mme Labourdette.

— Me voler ma belle-mère ? cria Puycha-baud avec un rugissement, je t'étranglerais plutôt.

— Une perle que cette femme !

— Oh ! si tu la connaissais comme moi ! Tu as vu ma femme ?

— Charmante !

— Charmante, c'est vrai ! mais d'une ja-lousie ridicule. Il lui suffit d'un mot mal interprété, d'un regard, d'un souffle, d'un rien, pour prendre feu comme de l'étoupe.

— Hein ! les natures mortes, ajouta-t-il en riant, est-ce assez typique et topique ?

— De ton côté...

— Vif comme la poudre ! Aussi, lorsque je m'emporte et elle aussi, le joli duo ! Heu-reusement, belle-maman est là, qui, sans avoir l'air d'y toucher, nous prouve l'inanité de nos querelles.

— Et alors ?...

— J'embrasse ma femme, elle m'embrasse, et nous nous embrassons pendant un mois, deux mois... la trêve peut même aller jusqu'au trimestre, — rarement, mais enfin cela s'est vu dans les bonnes années. Alors, autre brouille, autre intervention de belle-maman, autre raccommodement. Et c'est ainsi que d'intervention en intervention et de raccommodement en raccommodement, notre lune de miel dure toujours !

— C'est-à-dire que ta belle-mère ?...

— Un ange ! — l'ange de notre foyer !

Gourlet ne put s'empêcher de rire.

— Et la vieille légende des belles-mères, que devient-elle dans tout cela ?

— Reléguée aux vieilles lunes ! s'écria Puychabaud. Légende ridicule dont le bon sens moderne a eu raison ! En a-t-on assez abusé ! Cette fois c'est bien fini ! Il y a cependant encore des gens vieux jeu qui blaguent la belle-mère, par genre, par snobisme, parce qu'en France il faut toujours blaguer quelque chose. Eh bien ! sais-tu quels sont ces gens en retard ? Les mauvais gendres !... Si tu veux

connaître un homme étudie sa belle-mère.
Critérium infaillible : A gendre quinteux,
belle-mère grincheuse !

— Pourquoi pas : A belle-mère grincheuse,
gendre quinteux ?

— Ça, c'est le vieux point de vue, — le
mauvais !

Puychabaud, plein de son sujet, fut d'une
irrésistible éloquence. Il réussit sans doute à
prouver l'excellence de sa thèse, car Gourlet,
comme conclusion, posa la question sui-
vante :

— Alors, tu ne veux pas me céder ta belle-
mère ?

Puychabaud cria avec force :

— Par toutes les divinités du ciel, de la
terre et de l'enfer, non ! La moitié, si ! J'irai
jusqu'à la moitié, parce que tu es un autre
moi-même, mais ne m'en demande pas davantage.

A ce moment la tenture qui drapait la
porte, oscilla légèrement et une voix émue,
si douce qu'on l'entendit à peine, prononça le
nom de Nestor ; puis, après quelques hési-

tations, rendues sensibles par les soubresauts
de la portière, celle-ci s'entr'ouvrit et sur le
tissu délicat à fond blond doré se détacha timidement le plus joli coquelicot que jamais
champ de blé ait protégé de ses épis.

C'était Mlle Labourdette, toute rouge, rouge
jusqu'à ses petites oreilles, dont le lobule avait
l'air d'une cerise qu'elle aurait accrochée là en
guise de pendant. Elle était si confuse de se
retrouver en présence de Gourlet — elle savait
pourtant le trouver là — qu'elle eut l'idée de
battre en retraite, mais elle comprit ce que sa
fuite aurait de ridicule ; aussi prit-elle son
courage à deux mains et, toujours les yeux
baissés, elle posa l'invraisemblable question :

— Maman n'est pas là ?

— Non, elle n'est pas là, maman, répondit
Puychabaud, mais Gourlet y est... Gourlet
que je veux vous présenter.

« Tu retardes, mon bonhomme ! » pensa le
prix de Rome et jetant un regard vers Jocelyne.

Celle-ci, malgré sa confusion, ne put réprimer un sourire malicieux.

Elle ajouta même étourdiment :

— Inutile, beau-frère ; c'est déjà fait !

— Ah bah !

— Parfaitement, fit Gourlet ; nous en étions même aux confidences tout à l'heure...

— Déjà ?

Ce souvenir, qu'il était cruel à Gourlet de rappeler, redoubla le trouble de Jocelyne. Elle leva les yeux au ciel avec une expression voisine de la réprobation, en disant :

— J'ai même dit à monsieur des choses...

— Qui m'ont ravi !

— Alors cela ira tout seul ! s'écria Puychabaud enchanté. Attention, mes enfants ! continua-t-il en frappant dans ses mains : Gourlet, comment trouves-tu Jocelyne ?

— Adorable !

— Attendez au moins que je sois sortie ! fit la jeune fille en se précipitant vers la porte.

— Ce ne serait plus la peine de le dire, répondit Puychabaud en courant après elle et la ramenant dans le salon. Et vous, petite belle-sœur, comment trouvez-vous Paul ? Gentil Paul, n'est-ce pas ?

— Je ne puis l'avouer devant lui.

— Il ne s'en fâchera pas !

— Oui, mais ce ne serait pas convenable.

— Moi, je vous dis bien que vous êtes gentille, remarqua Gourlet.

— Vous êtes un homme... les hommes peuvent le dire, mais les jeunes filles n'ont que le droit de le penser.

— Et vous pensez, insista Puychabaud, que c'est un charmant garçon ?

— Je ne l'ai pas regardé, répondit Jocelyne en redevenant écarlate.

Évidemment la conversation glissait sur une pente dangereuse. Gourlet avait brusquement ouvert les yeux. Il trouvait Puychabaud bien imprudent de le lancer ainsi, comme en se jouant, dans une voie qui n'avait d'autre issue que le mariage. L'aveu tacite de la naïve Jocelyne le charmait sans doute, mais il l'inquiétait aussi, car, barrant toute retraite, il l'acculait au terrible saut dans l'inconnu.

L'entrée de Mme Labourdette vint heureusement donner à l'entretien une tournure moins scabreuse. Belle-maman portait un

plateau sur lequel se tenait droit comme un I
un très long et mince flacon entouré d'un
cercle respectueux de petits verres.

— Monsieur Gourlet, une larme d'eucalyptus? demanda-t-elle.

— Merci, madame, je le crains.

— Oh! que vous avez tort!

— Oh! oui, que tu as tort!... appuya Puychabaud en dégustant avec délices le petit
verre que belle-maman lui avait tendu, plein
jusqu'aux bords d'un liquide de couleur topaze
brûlée. Mais, enfin, si tu le crains... — Dites-
moi, belle-maman, nous lui ferons goûter les
« Pleurs de la Walküre ».

— Qu'est-ce que c'est que ça?

— Ça, monsieur Gourlet? répondit Mme
Labourdette avec son aimable sourire, ça,
c'est un délectable nectar qu'on fabrique
exprès pour moi, s'il vous plaît, sur com-
mande! et qu'on chercherait en vain dans le
commerce... Vous verrez!

Et dans ses beaux yeux — elle avait gardé
ses yeux de trente ans, Mme Labourdette —
passa comme un reflet perlé des « Pleurs de

la Walküre ». Puychabaud déposa le petit verre sur le plateau.

— Viens donc m'aider au déballage de mes œuvres, proposa-t-il à Gourlet; tu verras mon dernier tableau.

— Un chef-d'œuvre ! s'écria Mme Labourdette, qui ne put réprimer cependant un mouvement d'inquiétude et qui repoussa sur la table le plateau qu'elle se préparait à enlever.

— Vous exagérez, fit modestement Puychabaud... on abuse tant aujourd'hui du mot chef-d'œuvre !... mais enfin ce n'est pas mal. Il y en a de plus mauvais au Louvre.

— Ah ! monsieur Gourlet, quel coloris, quelle force ! quel éclat !

— Ce n'est pas banal ! conclut Puychabaud en rentrant dans son atelier.

Gourlet allait le suivre, lorsque Mme Labourdette l'arrêta d'un geste suppliant et l'entraîna dans la salle à manger.

V

UN CŒUR DE BELLE-MÈRE

Elle ferma doucement la porte qui communiquait avec le salon et revint vers Gourlet, assez intrigué de cette mimique.

— Un mot, un tout petit mot, monsieur Gourlet! Vous me voyez bien embarrassée... Ce que j'ai à vous dire est de nature si délicate!

— Oh! mon Dieu! est-ce que Mlle Jocelyne?... demanda le jeune homme inquiet.

— Non, non, pas Jocelyne!... Il s'agit de mon gendre. Une sensitive, mon gendre, surtout en matière d'art! Sa nature tendre et impressionnable est absolument réfractaire à la critique. Ce n'est pas sa faute, il ne la comprend pas. Soyez donc indulgent, mon cher monsieur Gourlet. Je serais désolée qu'une remarque imprudente, échappée à votre sincérité, lui causât du chagrin...

— Rassurez-vous, madame.

— Il va vous montrer sa toile. J'ignore sa valeur et je ne veux pas la connaître. Il ne m'appartient pas de juger mon gendre. Je ne sais et je ne veux savoir qu'une chose : c'est qu'il se croit du génie, beaucoup de génie !

— Eh ! mon Dieu, c'est son idée, à ce brave garçon. Pourquoi le désabuser ? D'abord, vous n'y réussiriez pas ; ensuite ce serait une opération aussi cruelle qu'inutile. Alors, à quoi bon, n'est-ce pas ? Croyez-moi, monsieur Gourlet, laissons-lui sa foi et ses chères illusions, qui ne gênent personne et qui le rendent si heureux !

— Je vous trouve touchante !

— Je suis une femme d'un peu de bon sens pratique, qui veut le bonheur de ses enfants, voilà tout ! Alors vous me promettez de ne pas dire à mon gendre ce que vous pensez de son œuvre ?

— Je vous le jure!

En prononçant ces mots Gourlet était de
bonne foi.

— C'est gentil à vous! Merci, monsieur
Gourlet, merci! D'ailleurs Puychabaud n'est
qu'un peintre amateur — ne le lui dites pas
au moins! il se dit chef d'école et il serait
furieux! — Il fait de la peinture pour son agré-
ment; ses moyens le lui permettent! A l'époque de son mariage, il l'avait même un peu
négligée. Nous n'avons rien épargné, Zyte et
moi, pour lui faire reprendre ses pinceaux.
C'est une distraction saine, qui l'arrache aux
dangers du désœuvrement et du cercle. Il vaut
encore mieux faire de mauvais tableaux que
de mauvaises connaissances, n'est-ce pas!

— Peut-être!

Elle le menaça du doigt.

— Oh! c'est méchant, cela!... Voilà, vous
parlez en artiste, moi je parle en belle-maman.
Côté de l'art, côté du cœur!... Mais, ajouta-
t-elle en tendant la main au jeune homme,
les deux peuvent s'entendre.

— C'est fait, répondit Gourlet.

— A la bonne heure ! Cela me fait plaisir de serrer la main d'un brave garçon comme vous !... Dites donc, vous ne me trouvez pas trop ridicule ?

— Ridicule ! Ma parole, je suis ému !

Et il l'était en effet. Il n'avait pas lâché la main de l'aimable femme ; il y déposa un baiser où le respect le disputait à l'admiration.

Mme Labourdette sourit sans trop comprendre l'attendrissement de Gourlet. Il était ému de quoi ? de ce qu'elle avait excusé les petites faiblesses de son gendre qui étaient un peu les siennes, après tout ? Mais n'était-ce pas tout naturel ?

Elle s'arrêta brusquement en entendant s'ouvrir la porte de l'atelier. Presque aussitôt Puychabaud, qui les cherchait, se montra sur le seuil de la salle à manger, à la main une toile tournée à l'envers.

— Tu ne viens pas voir mon tableau ? demanda-t-il à son ami avec une pointe de reproche.

— Je me recueillais devant la porte du sanctuaire, répondit gravement Gourlet.

Ils repassèrent tous les trois dans l'atelier.

— Tu sais, reprit Puychabaud, ton avis sincère... le mot brutal! Je ne viens pas quêter des suffrages.

— Tu es de taille à tout entendre. Voyons !

Puychabaud se plaça dans un jour favorable, respira fortement et retourna la toile.

— Oh ! fit Gourlet en reculant.

Il ajouta vivement :

— Ne parle pas ! Cela représente ?...

— Une matinée d'hiver.

— Ne parle pas ! s'écria de nouveau Gourlet en se reculant encore pour mieux admirer. Oh ! ce ciel mort, cette herbe morte, cet arbre mort... c'est vivant !

— Et Mme Labourdette ajouta, grelottant :

— Rien qu'à le regarder, on a froid. Allons nous réchauffer dans la salle à manger ; Joséphine me fait signe que le dîner attend.

VI

LE FIVE O'CLOCK DE ZYTE

Deux jours après, vers cinq heures, Gourlet arrivait chez Puychabaud.

— Tu tombes à pic ! lui dit le grand homme. C'est aujourd'hui jeudi, jour de réception de madame. Ses five o'clock sont très suivis. Je te présenterai nos plus hautes sommités artistiques : Caudrot-Poulouche, Lapouyade, Layrette, Gomard...

— Bigre ! c'est panaché. Toute la lyre !

Il vint présenter ses respects à Mme Labourdette et à ses deux filles. Il se sentait maintenant de la famille. En deux jours il s'était fait

en son esprit un travail considérable auquel la
jolie frimousse de Jocelyne n'était pas étran-
gère. Le mariage n'était plus à ses yeux ce redoutable « saut dans l'inconnu » où les clowns
les plus expérimentés ont le vertige, mais une
délicieuse course sous bois, parmi les sentes
fleuries où l'on ne peut marcher de front qu'en
se serrant l'un contre l'autre, à l'heure où les
oiseaux ont la voix aussi douce que les
sources.

Il dut s'avouer qu'il était sérieusement
épris, lorsque, tout seul chez lui, il restait des
heures entières à suivre, dans le nuage qui
flottait au large ou dans le flocon de fumée
qui montait de sa cigarette, une image d'abord
confuse, dont les contours se précisaient peu
à peu et finissaient toujours par ressembler,
comme deux gouttes d'eau se ressemblent, à
certain « trois quarts », qu'il avait esquissé
éperdument sur une foule de toiles éparses
dans tous les coins.

Ce ne fut pas non plus sans confusion, au
moment où nous le retrouvons chez Puychabaud, en tête-à-tête avec ces dames, qu'il sen-

tit, en serrant la main de Jocelyne, passer dans tout son être le même frisson qui venait de secouer le corps de la fillette, devenue toute pâle. Il ne pâlit pas, lui ; il devint rouge, ce qui l'humilia profondément dans sa dignité d'homme.

Furieux et ravi, il se hâta d'aller rejoindre Puychabaud qui l'attendait dans son atelier, dont l'emménagement se poursuivait et qui commençait à prendre un aspect réellement artistique. Peu après entrait un tout petit homme au type levantin accentué, qui courut à Puychabaud les mains tendues et en le qualifiant de « cher maître » gros comme le bras.

— Eh ! c'est Nathaniel Pouch, la providence des artistes ! Tu le connais, Gourlet ?

— Qui ne connaît le plus grand marchand de tableaux de la rue Lafayette ? répondit le jeune homme en tendant la main au nouveau venu.

— Nous avons déjà fait des affaires ensemble, ajouta Pouch en serrant la main de Gourlet, et nous n'en resterons pas là, je l'espère !

Presque aussitôt se présentaient M. Layrette, le sculpteur bien connu, membre de
l'Institut de Montmartre, et sa femme,
Mme Layrette, fort jolie personne, quoiqu'un
peu trop imposante, comme si elle voulait
qu'on reconnût, à sa seule démarche, la compagne du célèbre artiste. Les hommes se ser-
rèrent la main, tandis que les femmes —
Mmes Puychabaud et Labourdette étaient
survenues — s'embrassèrent avec effusion.

Mme Labourdette, à qui incombait le soin
délicat de préparer le thé, n'avait fait qu'entrer
et sortir.

— Et surtout, avait crié le petit Pouch,
n'oubliez pas certaine liqueur exquise...

— Ah ! gourmand ! fit la dame en s'arrêtant
sur le seuil, les « Pleurs de la Walküre » ?

— Divins pleurs ! célestes larmes ! séra-
phiques sourires !

Lui parler des « Pleurs de la Walküre »,
c'était prendre Mme Labourdette par son faible.
Cette liqueur — laquelle n'existait pas dans le
commerce, faisait-elle toujours remarquer —
c'était une de ses coquetteries.

— Il paraît, monsieur Layrette, demandait pendant ce temps Mme Puychabaud, que vous êtes brouillé avec Gomard, votre beau-frère ?

— Nous ne nous voyons plus — que le dos !

— Voici Caudrot-Poulouche !

Caudrot-Poulouche, le chef de l'école internaliste, fit son apparition, suivi de Mme Caudrot-Poulouche. Il s'était fait la tête de Jésus-Christ, mais de Jésus-Christ expiré depuis la veille sur la croix : somnolence souffrante, langueur morbide, carnation spectrale. Artiste de beaucoup de talent, du reste, très contesté par les uns, fort exalté par les autres. Un trait bien caractéristique de sa personne et qui n'était pas étranger à la rapide réputation qu'il s'était acquise, c'était une mèche de cheveux, la « mèche à Caudrot », comme on l'appelait, qui s'étalait sur son front comme une virgule et participait par ses frétillements aux sentiments et aux sensations les plus intimes du chef internaliste.

Mme Caudrot-Poulouche faisait tous ses efforts pour ressembler à une femme de Botticelli, mais son énorme corpulence ne lui per-

mettait guère d'espérer jamais une ressem-
blance, même très éloignée, avec les suaves
vierges de l'auteur du *Printemps*.

Au cercle vinrent se joindre bientôt quelques autres artistes, parmi lesquels le sculpteur Gomard, beau-frère de Layrette.

A sa vue, ce dernier n'avait pu réprimer un
brusque soubresaut :

— Ma bête noire !

Gomard lui tourna le dos avec un mépris
visible. L'arrivée d'Alexandre Lapouyade,
dont nous aurons à parler plus amplement,
compléta le contingent des habitués ordi-
naires du five o'clock de Mme Puychabaud.

Très bruyant et très animé, ce five o'clock.
Les dames formaient en ce moment un groupe
à part.

— J'ai vu avec plaisir dans les journaux,
dit Mme Caudrot-Poulouche à l'imposante
Mme Layrette, d'une voix mielleuse où per-
çait la perfidie, j'ai vu que vous assistiez hier
à la réception de la duchesse d'Uzès.

— Mon mari, répondit Mme Layrette pin-
cée, est reçu dans le meilleur monde.

Mme Gomard, ironique, à Mme Caudrot-
Poulouche :

— Vous comprenez, un académicien, de
Montmartre c'est vrai, mais un académicien
tout de même.

— En effet, académicien, cela dispense de
tout...

Mme Layrette lança un regard empoisonné
à Mme Caudrot-Poulouche, et se détournant,
elle murmura entre ses dents : « Insolentes »,
tandis que ces dames pensaient : « Poseuse ! »

On était plus sérieux, côté des longues bar-
bes, mais très houleux néanmoins. Ce n'est
pas en vain que le hasard des circonstances
rassemblait dans un même lieu les représen-
tants les plus autorisés des diverses manifes-
tations de l'art moderne. Séparés, le charbon,
le salpêtre et le soufre sont des éléments de
première nécessité et dont le rôle bienfaisant
ne saurait être contesté par personne ; réunis,
ils constituent cette pénible substance qu'on
appelle la poudre. Cette comparaison, qui,
sans être absolument neuve, a du moins le
mérite de la clarté, explique comment il se

fait que des gens qui, pris chacun à part,
avaient du talent et de l'originalité, pouvaient,
par leur réunion fortuite, présenter parfois le
spectacle que s'offrent quotidiennement les
gardiens de fous.

Layrette avait eu le tort de dire qu'il
n'existait qu'une seule école vraiment française.

— Je te vois venir, interrompit Puychabaud : l'Institut, dont tu es membre.

— C'est-à-dire le poncif ! ricana Gomard.

— Le pompier ! ajouta Lapouyade.

— La « croix de ma mère » de la rue de Va-
lois ! surenchérit un quatrième.

— Le « Sauvé, mon Dieu ! » de la Villa Mé-
dicis ! conclut Caudrot-Poulouche.

Layrette répondit qu'elle avait du bon l'é-
cole qui avait enfanté tant de chefs-d'œuvre.
On le lui accorda sans conteste. Certes, la
France avait eu de grands artistes qui la cou-
vrirent de gloire pendant plusieurs siècles.

— Mais, depuis, académicien de mon âme,
la terre a tourné,

— Elle tourne même encore...

— Le télégraphe est venu et même il est venu sans fil...

— Le téléphone a parlé...

— Le cinématographe et le teuf-teuf se sont avancés en sautillant...

— Sans que toi, clos à tout progrès...

— Vissé dans un passé mort...

— Tu te sois aperçu de rien !

— C'est cela, dit Layrette en riant, je suis une ganache !

— Non, sans doute, rectifia Puychabaud, mais il est certain que tu as élevé l'ankylose à la hauteur d'une institution.

— Layrette, remarqua Caudrot-Poulouche, défend les dieux qui sont les siens et qui tombent, c'est humain ; mais il n'en est pas moins vrai qu'il n'existe actuellement qu'une seule grande école française...

— Parfaitement ! échoèrent tous les artistes, à l'exception de Layrette.

— Et cette école, continua Caudrot-Poulouche en jetant un regard dominateur autour de lui, est celle qui, ne s'en tenant pas à l'extérieur des choses, en pénètre l'idée intime,

en fouille le tréfonds et en fait jaillir l'âme,
comme la lueur rayonne à travers le globe
d'albâtre.

On haussa les épaules. C'est le but, en
somme, que poursuit tout artiste ; mais qui
voulait prouver trop ne prouvait rien.

— Noble idéal, approuva Layrette, à la condition de ne pas abuser du procédé et de ne
pas faire, de parti pris, fi de la forme.

— La forme ! s'écria vivement Caudrot-Poulouche avec dédain ; puis, par condescendance,
voyant qu'il blessait des convictions sincères,
il reprit d'un ton conciliant : La forme n'est
qu'une enveloppe translucide, une pellicule
légère, que l'œil de l'artiste doit percer s'il
veut produire une œuvre vivante.

— Le corps n'est plus qu'un carreau de
vitre, observa goguenardement Gomard.

— Parfaitement ! répondit Caudrot-Poulouche, et je crois l'avoir prouvé en prenant la
tête du mouvement artistique qu'on a appelé
« l'internalisme ».

Il disait vrai. On lui devait des toiles d'une
puissante originalité, très dédaignées à leur

apparition, qui commençaient à s'imposer aux
connaisseurs. Mais devant l'auditoire d'artistes réunis en ce moment dans l'atelier de
Puychabaud, les objections aux théories
émises plurent de tous côtés, plus ou moins
aigres, mais plutôt plus que moins.

— Il a ses défenseurs, je le sais, « l'internalisme. »...

— Ses fanatiques même ; mais il n'est pas si
neuf que cela, « l'internalisme » ! Il date de
quatre cents ans !

Ce que nous n'avons pas dit, pour ne pas
rompre l'unité de la conversation, c'est que la
« mèche à Caudrot » se livrait pendant ce
temps à une voltige extraordinaire : elle recu-
lait et avançait, comme soumise aux lois mys-
térieuses des forces centripète et centrifuge,
se dressait tout à coup comme une tête de vi-
père, retombait, se balançait, tournait, oscil-
lait — et cette perturbation fantastique cor-
respondait à une série de mouvements tumul-
tueux qui agitaient son âme d'artiste. C'était
une infériorité flagrante dans la discussion que
de laisser ainsi son contradicteur lire dans sa

pensée. Jamais Talleyrand n'aurait toléré une chevelure aussi bavarde.

A la dernière insinuation de Lapouyade que l'internalisme datait de quatre cents ans, la mèche se dressa d'un geste comme un glaive, et darda vers les adversaires sa pointe acérée.

— Il date d'hier, cria Caudrot-Poulouche en frappant sur la table, puisque son créateur, c'est moi !

— Hum ! fit Layrette.

— Il n'y a pas de hum, monsieur le sculpteur académique ! Sachez qu'on n'est un grand artiste qu'à la condition de faire transparaître l'intérieur des choses à travers leur frêle enveloppe. Vous pourrez vous vanter d'être comme moi un créateur, quand les muscles, les veines, le sang seront en quelque sorte présents dans vos statues, et qu'on pourra les découvrir à travers le marbre, comme avec des instruments assez puissants on pourrait voir les étoiles à travers la lumière du jour !

— Oh ! oh !

— Étonnant, ce Caudrot-Poulouche !

— L'artiste n'est plus qu'un télescope d'atelier !

A tous ces ricanements Caudrot-Poulouche répondit dédaigneusement :

— Vous n'êtes que des bourgeois !

Et sa mèche dit oui.

Il y eut un tel tollé que le marchand de tableaux, Nathaniel Pouch, fut brusquement réveillé de son somme, et qu'il cria :

— Bravo ! bravo !

Il croyait applaudir la fin d'un speech.

— J'admire M. Pouch, remarqua Mme Puychabaud : voyez donc son calme au milieu du déchaînement de la tempête !

— Hé ! madame, répondit le marchand de tableaux, voilà trente ans que je vis avec elle : je suis vacciné contre la foudre.

Et il se remit à somnoler.

Pendant ce temps, Gourlet et Jocelyne, assis à côté l'un de l'autre, semblaient prêter une oreille attentive aux belles choses qui se disaient autour d'eux, mais en réalité ils n'entendaient pas un mot de la conversation, absorbés qu'ils étaient par l'audition d'un concert autrement éloquent, qui chantait en eux une musique divine comme nul compositeur n'en écrira jamais, fût-il cent fois plus grand que Beethoven, Mozart ou Wagner.

— Un seul mot, messieurs, disait pendant ce temps Lapouyade, un seul mot pour en finir avec l'internalisme, dont le grand tort est une intransigeance trop exclusive et qui veut anéantir la forme extérieure, laquelle, en somme, est tout.

— Oh ! tout ! protestèrent les confrères.

— Autre guitare ! ricana Caudrot-Poulouche.

— Guitare ! répéta Lapouyade très blessé ; je confesse, M. Caudrot-Poulouche, que n'ayant rien de commun avec Herr Rœntgen, je peins avec des tubes à couleur et non avec des tubes de Crookes...

Un éclat de rire accueillit cette plaisanterie.

— J'oubliais, répondit Caudrot-Poulouche dont la mèche prit une expression à la fois ironique et amère, j'oubliais que M. Alexandre Lapouyade est « externaliste ».

— Et je m'en fais gloire ! Quand j'examine

un objet, ce qui frappe mes regards c'est sa forme, et c'est sa forme que je peins.

— Ainsi fait le photographe, ou plutôt l'appareil photographique !

Puychabaud voulut mettre tout le monde d'accord.

— Messieurs, dit-il, la vérité n'est ni chez les internalistes...

— Non ! non !

— Ni chez les externalistes...

— Non ! non !

Puychabaud promena son regard autour de lui, puis il termina avec une conviction profonde :

— Elle est chez les « ambiantistes ».

Cette expression barbare souleva un vrai tumulte... Ces messieurs faisaient semblant de l'entendre pour la première fois.

— Bravo ! bravo ! cria Nathaniel Pouch réveillé en sursaut.

— J'ai dit « ambiantistes », ponctua Puychabaud d'une voix de tonnerre. Ce qu'on oublie trop en peinture c'est le milieu ambiant. Rien n'est isolé dans la nature. Tout se tient

par la main ou par ce qui remplace la main.
Les choses qui entourent entrent pour une
part dans l'existence des choses entourées.
Aucun objet n'existe et ne se tient debout
tout seul.

— Ainsi, demanda Mme Gomard, je suis un
mythe ?

— Vous êtes, madame, un morceau d'un
tout, — un joli morceau, même !

— Au moins, il est galant !

— Mais un morceau. L'ambiance vous pénètre. Vous ne pouvez pas vous isoler complètement. Où que vous alliez, n'importe où,
dans l'endroit le plus secret, au bain même,
quelqu'un vous emboîte le pas...

— Quelqu'un ? Ah çà ! monsieur Puychabaud...

— Voilà qu'il dit des gaudrioles à ma
femme !

— Et ce quelqu'un, qui vous suit comme
votre ombre, c'est l'ambiance.

— C'est à mourir de rire ! fit Gaudrot-Poulouche avec un joyeux frétillement de mèche.

Ce mot mit le feu aux poudres.

— Sachez, monsieur, répondit Puychabauds
que, quand on a, comme vous, regardé tous
les tableaux que vous avez faits, sans mourir
de rire, on a peu à craindre cette mort-là!

La mèche de Caudrot-Poulouche tournoya
comme prise dans un cyclone.

Il semblait qu'il ne restât plus qu'à se
prendre aux cheveux ; mais cette effervescence
entre vieux amis dont le verbe était haut,
mais le geste sobre, était creuse comme une
bulle de savon et crevait au moindre attou-
chement.

Arrivée à son paroxysme, elle tomba comme
par enchantement, lorsque Mme Labourdette
eut joyeusement crié, sur le seuil de la porte
du salon :

— Les « Pleurs de la Walküre » !

Ces « divins Pleurs », comme les appelait
Pouch, produisirent l'effet du fameux tonneau
d'huile, lequel, on le sait, transforme instan-
tanément les flots démontés de la mer en un
lac aussi calme que le désert du Sahara... De
même les « Pleurs de la Walküre » chassèrent
les rumeurs batailleuses qui emplissaient la

salle et répandirent autour d'elle une atmosphère sereine de paix et de bonne humeur.

— Enfin ! cria-t-on joyeusement.

Non seulement les visages s'étaient rassérénés, mais la mèche à Caudrot avait repris son attitude de « virgule au repos » et Caudrot lui-même avait tendu galamment le bras à Mme Puychabaud pour passer au salon.

Gourlet tira Puychabaud par la manche :

— Tu appelles cela un five o'clock ?

— Artistique, mon ami, artistique ! répondit le chef de l'école « ambiantiste » en s'épongeant le front couvert de sueur.

Il ajouta avec satisfaction :

— Allons, ça s'est bien passé !

— Sapristi, se demanda Gourlet, comment donc ça se passe-t-il quand ça ne se passe pas bien ?

VII

LE MODÈLE

— Alors, c'est décidément pour aujour-
d'hui ?

— Décidément !

Zyte, qui venait d'entrer, dressa curieuse-
ment l'oreille.

— J'espère que monsieur Gourlet ne nous
quitte pas de sitôt ?

— Pour quelques instants seulement. Il va
se mettre en tenue officielle afin de faire sa demande.

— Quelle demande ?

Puychabaud sourit et mit un doigt sur ses

lèvres. A ce moment, une voix forte, partie de l'atelier, cria :

— Dis donc, Puychabaud, le modèle...

— Le modèle ! s'écria Zyte toute saisie... quel modèle ?

Pradilleau se montra sur le seuil de l'atelier, et, apercevant Mme Puychabaud, il perdit contenance et resta quelques secondes dans l'attitude d'un homme qui, ayant commis une « gaffe », l'aggrave en essayant de la réparer.

— La langue lui a fourché ! dit vivement Puychabaud.

— Il a dit : modèle ! répéta Zyte avec force.

— Comme j'aurais dit mannequin, fit enfin Pradilleau : un mannequin est un modèle. N'est-ce pas, Gourlet ?

— Certainement.

— Ce mot, continua Pradilleau, vient du flamand *Maencken*, homme à qui Bruxelles a fait les honneurs d'une fontaine bien connue...

Pendant ce temps, Puychabaud et Gourlet raisonnaient Zyte.

— Tu sais bien, chérie, disait son mari, ce que j'ai juré devant notaire ?

— Jurer est un, tenir est deux !

— Tu n'es pas raisonnable, Zyte. Je n'ai qu'une parole. J'ai juré, peut-être ai-je eu tort, mais enfin j'ai juré de ne bûcher que les natures mortes.

— Quel blagueur ! glissa Pradilleau dans l'oreille de Gourlet.

— Ecoute, Nestor, reprit Zyte sur un ton décidé, si j'apprenais jamais que tu m'as menti...

— Oh ! Zyte !

— Je puis être ridicule...

— Oh ! pour ça !... mâchonna Pradilleau entre les dents.

— Qu'est-ce que vous dites, vous ?

— Je dis que je vais faire de la place pour la nature morte.

Et il rentra dans l'atelier en marmottant :

— Quelle tomate !

Zyte s'était calmée. Elle eut même un peu de honte d'avoir provoqué cette explication devant Gourlet.

— Je sais bien, s'excusa-t-elle, que c'est absurde d'être jalouse d'un modèle, mais je suis ainsi faite ! Supporter que mon mari s'en-

ferme avec une femme plus ou moins... vêtue,
ou même pas vêtue du tout... non ! non !...
J'ai certainement confiance en toi, Nestor,
mais il s'agit d'autre chose que de confiance :
il s'agit de délicatesse, de pudeur...

Lorsque Zyte rentra chez elle, laissant son
mari seul dans l'atelier avec Gourlet et Pradilleau, elle était complètement rassurée. Puychabaud ferma à clef toutes les portes de l'a-
telier, excepté celle qui donnait sur l'escalier
de service.

— Maintenant, à l'œuvre ! fit-il. Voici la
toile...

— Encore immaculée !

— Voici l'estrade pour Mouchette.

— Mouchette, présente ! fit une voix joyeuse.
Et sur le seuil de la porte de service parut
une jeune femme médiocrement jolie, mais
d'une pureté de lignes admirable, qui faisait
de Mouchette Jagailloux l'un des modèles les
plus courus de Paris.

— Dis donc, ricana Pradilleau en désignant
de l'œil la nouvelle venue, si ta femme...

— Bah ! répondit Paychabaud en fermant à

clef la porte de service, nous sommes dans un
coffre-fort.

— Vous le voyez, messieurs, disait Mouchette, très exacte !

— Un modèle... de ponctualité !

— Brrrrou ! j'ai l'onglée ! continua-t-elle
en se chauffant à la cheminée ; je viens de poser dans la glacière de cet animal de Gomard...
Encore une bûche, mon petit Pradilleau...
Sais-tu que ce sera très chic, ici ?

— Peuh ! fit le bohème. Je regrette bien l'a-
telier de la Butte, va !

— Pourquoi ?

— Parce que la brasserie était en face : je
n'avais qu'à faire un signe et les bocks mon-
taient tout seuls.

Pendant ce temps, Gourlet examinait la
jeune femme.

— C'est bien vous, l'ancien modèle de l'É-
cole ? demanda-t-il.

— Ah bah ! le petit Gourlet !

— Il a grandi, le petit !... Et Jules ? Il te bat
toujours, Jules ?

— Toujours ! il m'aime tant !... Et puis,

comme nous n'avons pas toujours du feu à la maison, ça me réchauffe.

— Le calorique du pauvre! fit sentencieusement Puychabaud... Mais ne la crois qu'à demi, Gourlet : Mouchette devient rentière... elle a de quoi faire flamber son feu quand il fait froid sans recourir aux calottes de Jules.

Gourlet examinait Mouchette.

— Sais-tu, Puychabaud, qu'il faut avoir un fier aplomb pour classer cette opulente créature dans la catégorie des natures mortes!

— Moi, une nature morte? éclata de rire Mouchette. Elle est forte, celle-là !

— C'est ainsi, malheureux, continua Gourlet avec un sérieux comique, que tu te joues des serments les plus sacrés insérés dans les contrats de mariage!

— Oh ! je suis bien tranquille de ce côté : Zyte n'est jamais venue me troubler dans mon travail.

— Sur la Butte, soit — la Butte est sacrée — mais ici ?

— *Primo*, je suis protégé par un cercle de serrures fermées à clef; *secundo*, j'ai, en cas

de surprise, une réponse toute prête... Voyons,
mes enfants, à l'œuvre !

Il fut convenu que Gourlet, qui demeurait
à deux pas, irait endosser un autre costume
et qu'il reviendrait aussitôt demander la main
de Jocelyne. Comme la porte était fermée à
clef, Gourlet l'ouvrit et, sur le seuil, donna
un dernier serrement de main à Puychabaud.

— A ton retour, lui dit ce dernier, tu verras
mon ébauche ?

— Quel sujet ?

— Quelque chose d'énorme, qui fera un po-
tin de tous les diables au prochain Salon, et
qui sera le dernier mot de l'ambiance du milieu... Imagine-toi des roseaux au bord de la
mer... Une vague rejette un cadavre de femme,
celui de Vénus...

— Mais, malheureux, Vénus est immortelle !

— Moi, je la tue ! s'écria Puychabaud avec
un geste de Titan, et, en la tuant, j'évoque une
des plus grandes pages de l'humanité : la fin
du monde antique, l'agonie du Cosmos païen,
le râle de la légende mythique, — avec une

lueur fauve à l'horizon annonçant l'aube d'une civilisation nouvelle.

— Très fort! ne put s'empêcher de dire Gourlet.

— C'est à devenir chauve au sortir de l'enfance! nasilla très fort Pradilleau sur l'air de *Joseph,* afin de n'être pas compris, tandis que Gourlet sortait de la maison et que Puychabaud, planté devant sa toile, le regard inspiré, les cheveux rejetés en arrière, les bras croisés sur sa poitrine, ressemblait à une pythonisse barbue descendue de son trépied, mais croyant y être encore.

Pendant ce temps Mouchette se déshabillait.

— On le dit plein de talent, le petit Gourlet, fit-elle observer.

Puychabaud consentit à s'arracher à sa contemplation pour exprimer l'avis que ce talent était bien jeunet encore, mais qu'avec de sages conseils que lui, Puychabaud, ne lui ménagerait pas, il espérait le voir faire son chemin.

Pradilleau poussa Mouchette du coude, leva les yeux au ciel et murmura du regard :

— O sainte ganache !

Nous disons « murmura du regard », car il avait en ce moment une pipe entre les dents et il ne l'aurait pas dérangée de cette position sans de graves motifs.

— Tiens ! tiens ! fit le modèle en examinant la pipe avec intérêt, qui donc culottes-tu maintenant ?

Cette question parut flatter délicieusement le bohème ; un sourire presque extatique erra sur ses lèvres. Il n'hésita pas à rompre avec de vieilles habitudes : il retira la pipe de sa bouche, la fit miroiter sous les plus chauds rayons lumineux, issus de la fenêtre, et dit avec amour :

— Emilienne !

Et la pipe remonta à ses dents.

— Ah ça ! Mouchette, exclama Puychabaud en écrasant d'impatience le bâton de fusain qu'il avait à la main, est-ce pour aujourd'hui ?

Assise en simple chemise sur une chaise, la jambe gauche repliée sur la jambe droite, la jeune femme s'épuisait en efforts pour dénouer les cordons de sa chaussure. Elle répondit rageuse :

— C'est ce sacré Jules qui a laissé tomber ce matin une de mes bottines dans la poêle où il faisait frire des saucisses. J'ai dû mettre mes bottines à lacets... et il y a un nœud.

— Le diable emporte Jules et ses saucisses! grommela Puychabaud. Donne-moi ta jambe.

Il jeta les débris de fusain sur la table, vint à Mouchette qui lui tendit un pied fait au moule, s'agenouilla devant elle et se mit en devoir de réparer les sottises du « sacré » Jules.

Pendant ce temps, la porte du salon par où s'était éloigné Gourlet et que Puychabaud avait négligé de refermer à clef, s'ouvrit brusquement et Zyte parut sur le seuil.

On juge du saisissement qu'elle éprouva en voyant le groupe que formait cet homme à genoux devant cette femme à peu près nue. D'abord elle crut faire un mauvais rêve. Il lui fallut quelques secondes avant de se rendre compte que la femme qu'elle avait devant les yeux était bien une femme en chair et en os et que l'homme aplati devant elle n'était pas un fantôme, mais M. Nestor Puychabaud en personne. D'ailleurs Nestor s'était relevé très penaud.

Zyte poussa un tel cri de réprobation que Mouchette bondit sur sa chaise et qu'Emilienne n'échappa à une mort prématurée que par la dextérité avec laquelle Pradilleau ressaisit au vol la pipe échappée de ses lèvres et en marche rapide vers le centre de la terre.

Avec le cri qui lui échappa, l'usage de la parole revint à Zyte qui s'élança alors vers la porte en appelant d'une voix aiguë:

— Maman ! maman !

— Qu'est-ce qu'il y a? demanda Mouchette effrayée.

Puychabaud avait couru après sa femme, essayant de l'apaiser, tandis que Pradilleau caressait les rondeurs fauves d'Emilienne et se disait, presque joyeux :

— Le torchon va brûler !

Mme Labourdette était accourue la première aux cris perçants de sa fille. Un simple coup d'œil sur Mouchette la dispensa de poser des questions.

— N'entre pas ! cria-t-elle vivement à Joce-

lyne qui venait sur ses talons et à qui la vue
du modèle avait arraché un cri de surprise.

Du reste Mme Labourdette s'était hâtée de
fermer la porte sur Jocelyne et sur deux ou
trois domestiques accourus au pas de course,
friands de scandale. Puychabaud essayait de
faire entendre raison à sa femme, laquelle
s'écria, bouillante d'indignation :

— Vous aviez stipulé dans le contrat, vous
aviez juré par devant notaire que vous tra-
vailleriez sans modèle...

— Pardon, répondit Puychabaud. Ne con-
fondons pas ! Le contrat ne dit pas : « sans
modèle », il dit : « natures mortes ».

— En effet, il dit « natures mortes », appuya
Mme Labourdette, sans trop savoir ce qu'elle
disait.

— Eh bien ? demanda Zyte.

— Eh bien ! j'ai tenu parole.

— En effet, corrobora belle-maman, il a
tenu...

— Vous avez le front, s'écria Zyte, d'appeler
Mademoiselle une nature morte ?

— Ah ! par exemple ! protesta Mouchette.

— Je t'assure, Zyte... insistait Mme Labourdette.

— Mon tableau, continua Puychabaud avec
aplomb, représente la mer rejetant sur les
rochers le corps de Vénus inanimée. — Vénus
n'est plus... Donc c'est une nature morte.

Devant cette explication quelque peu sophis-
tique, Zyte resta un moment comme frappée
de stupeur.

— Oh ! quelle impudence ! s'écria-t-elle
enfin, furibonde.

— Mais puisqu'elle est morte, suppliait
Mme Labourdette.

— Mademoiselle ! ordonna impérieusement
Zyte, rhabillez-vous et sortez !

— Mais sacrebleu ! j'ai besoin d'un modèle
pour ma Vénus !

— Eh bien ! prenez un homme.

— Vous êtes ridicule !...

— Mon gendre !...

Entouré d'une délicieuse atmosphère de
tabac, au sein de laquelle Emilienne prenait
une teinte bleue vaporeuse, Pradilleau, les
yeux à demi clos, un sourire de fakir aux

lèvres, les mains croisées sur l'ombilic, disait, en plein pays du rêve :

— Je savoure du Pousset !

En ce moment, Gourlet, mis avec une élégance irréprochable, entra dans l'atelier, prêt à faire sa demande ; mais il lui suffit d'un simple regard jeté sur le champ de bataille pour juger, à l'attitude des combattants, que l'heure de réciter des épithalames n'était pas encore sonnée.

— Mouchette, déshabillez-vous ! criait Puychabaud.

— Je vous le défends ! criait Zyte.

— Madame !...

— Monsieur !...

Mme Labourdette courait de l'un à l'autre, affolée, disant :

— Mes chéris, du calme, au nom du ciel !... Monsieur Gourlet, je deviens folle. Voyons, Zyte, mon amour, tu sais bien qu'un modèle n'est pas une femme.

— Pas une femme ! fit Mouchette piquée.

— Qu'est-ce qu'elle est donc ?

— Un être hybride, sans sexe et sans âge,

qui ne prête à l'artiste que des flancs glacés de statue.

— Bravo ! cria Gourlet.

— Tu sais bien, maman, que je n'aurais jamais épousé monsieur s'il n'avait pris l'engagement formel de s'en tenir aux natures mortes.

— Mais puisque Vénus n'est plus ! assura Puychabaud.

— En effet, puisqu'elle est morte, cette femme ! insista belle-maman.

— Car enfin elle est morte ! appuya Gourlet, obéissant au coup d'œil suppliant de Mme Labourdette.

Zyte était révoltée.

— C'est trop d'audace ! s'écria-t-elle.

— Je t'assure, Zyte, reprit Mme Labourdette, je t'assure que tu as tort de choisir, pour chercher querelle à ton mari, le moment où il t'accorde une faveur depuis longtemps désirée.

— Parfaitement ! appuya Puychabaud se raccrochant désespérément et sans savoir le moins du monde de quoi il s'agissait.

— Sans doute. Vous me l'avez dit tout à l'heure. Tu sais, Zyte, cette loge du mardi qui va se trouver libre à la Comédie ?...

— Eh bien ?

— Tu l'auras le mois prochain !

— Mais... objecta Puychabaud.

— Ah ! vous me l'avez promis, mon gendre ! interrompit la brave femme en se rapprochant de Puychabaud, à qui elle glissa vivement dans l'oreille : C'est moi qui paierai !

— Ah ! c'est gentil ! fit Zyte un peu calmée.

— Certainement, il est gentil tout plein ! Mais à charge de revanche : il te fait des concessions, à ton tour de lui en faire !

— Tout ce qu'on voudra, mais des nudités, jamais !

— Je ne peux pourtant pas mettre un paletot à Vénus ! grommela Puychabaud, Vénus n'est pas un caniche !

— C'est certain, opina belle-maman, Vénus n'est pas... Mais voulez-vous me permettre ?... Votre tableau représente une rive attique. A votre place, voici ce que je ferais, — si j'osais, du moins, donner un conseil à un artiste de votre envergure : sur les roseaux qui bruissent et ondulent je jetterais un grand péplum rouge...

— Mais Vénus ?...

— Je la mettrais au premier plan.

— Où ?

— Sous le péplum.

— Alors, on ne verra rien ?

— Au contraire... De ce linceul tragique émergera...

Puychabaud, illuminé, l'interrompit, criant :

— J'y suis : la tête !

— Non... C'est banal, la tête !

— Quoi donc alors ?

— Un pied !

Puychabaud fut choqué :

— Comment un pied !

— Mettons les deux ! N'est-ce pas, Zyte, que tu ne lui refuseras pas les deux pieds de Vénus ?

— Oh ! autant de pieds qu'il voudra !

— Diable ! les pieds... murmurait Puychabaud mécontent.

— J'en appelle à ces messieurs, fit belle-maman en élargissant son geste.

— En effet, plus j'y réfléchis, acquiesça
Gourlet, tandis que Mme Labourdette repre-
nait avec une chaleur communicative :

— Voyez-vous cette mer lugubre déferlant
sur la grève, ces roseaux soupirant un hymne
funéraire, ce péplum sinistre recouvrant un
mystérieux cadavre dont on n'aperçoit que les
pieds tordus pas la mort ?

— Ah ! ces pieds ! s'écria Gourlet avec enthousiasme, quels pieds !

— Ils sont é-nor-mes, ajouta Pradilleau en
essayant de donner à sa bouche, qui se fendit
jusqu'aux oreilles, la longueur des pieds en-
trevus.

La jolie tête de Jocelyne se montra par
l'entre-bâillement de la porte du salon.

— Zyte ? appela doucement la jeune fille,
est-ce encore inconvenant ?

— Ça ne l'est plus, ma fille, répondit
Mme Labourdette.

Mouchette, qui paraissait de fort méchante
humeur, s'était rhabillée.

— En voilà des bourgeois imbéciles ! mur-
mura-t-elle. Dites donc, monsieur Puycha-

baud, croyez-vous par hasard que je vais poser pour ça ?

Elle montra ses pieds.

— Mais... commença Puychabaud.

— Sachez, monsieur, que je pose pour tout, mais pour les pattes, jamais !

— Les pattes !

— Je suis une honnête fille qui veut gagner honnêtement son pain.

Elle reprit avec une indignation croissante :

— Poser pour les pattes ! Mouchette Jagailloux poser pour les pattes !... Bonsoir !

Et elle sortit au comble de l'indignation.

On se regarda, stupéfaits. Puychabaud était consterné.

— Comment ! elle s'en va ! dit-il, et mes pattes ?... Pardon, et mes pieds ?

Mme Labourdette le rassura :

— J'en ai vu chez le marchand de couleurs, fit-elle, deux superbes, en plâtre. Je cours les chercher.

Gourlet l'arrêta d'un geste : il allait faire sa demande !

— Je désirerais, madame, vous entretenir un instant.

— Ah ! fit belle-maman, surprise d'abord.

Son étonnement ne fut pas de longue durée : elle avait compris.

Jocelyne sentit une vive rougeur lui monter au visage et fut toute rose comme une rose ; puis le sang reflua brusquement au cœur et elle devint toute pâle comme une rose blanche.

Elle détourna la tête pour cacher sa confusion.

C'était le moment solennel ! Puychabaud vint serrer avec effusion la main de Gourlet, puis il courut à Mme Labourdette en disant avec une joie mal dissimulée :

— Belle-maman, attention ! il va faire sa demande.

— Quelle demande ? fit la dame jouant l'étonnement.

— Je n'en sais rien, répondit Puychabaud devenu brusquement grave. Alors il peut commencer ?

— Quand il voudra. Surtout que ça ne soit pas théâtral !

— Attendez au moins que je passe dans le salon, dit Jocelyne dont la confusion commençait à se traduire par une envie de pleurer.

— Inutile, mon enfant... Seulement, baisse les yeux... là... très bien !... Y êtes-vous, mes amis ? — Monsieur Gourlet, commencez, mais rien de théâtral !

— Madame, j'ai l'honneur de vous demander la main de mademoiselle votre fille.

Vif mouvement de surprise générale.

— Ah ! monsieur... l'étonnement profond... j'étais si loin de m'attendre... Si Jocelyne, dont je ne contrarierai jamais l'inclination, est disposée à vous prêter une oreille favorable...

— Oh ! oui, maman, répondit Jocelyne, la tête cachée sur le sein de Zyte.

— En ce cas, je suis heureuse de ratifier un choix qui... dont...

La scène devenait ridicule. Mme Labourdette le sentit. Alors, ouvrant ses bras, elle s'écria avec effusion, les larmes aux yeux :

— Eh ! pourquoi tant de phrases ? Embrassez-moi, mon gendre !

— Belle-maman !

— Un homme à la mer ! soupira Pradilleau.

— Et maintenant, conclut gaiement Mme Labourdette, maintenant que je vous ai donné
la main de ma fille, je vais chercher les pieds
de mon gendre!

VIII

LA CASSOLETTE MOSCOVITE

Joséphine finissait de mettre le couvert,
lorsque la porte de communication avec l'atelier s'ouvrit brusquement et un homme parut
sur le seuil, l'air très préoccupé, le regard
tourné en dedans comme si sa pensée était aux
prises avec quelque insondable problème.

Cet homme était Puychabaud. Une étoffe
flottante d'un beau pourpre de Tyr, qu'il tenait
sur le bras et qui traînait jusqu'à terre, mettait
des escarboucles sur la manche de sa vareuse,
faisait flamber des rubis sur sa cuisse gauche
et tachait le sol d'une traînée de sang.

Un faisceau de rayons de soleil traversant en ce moment les carreaux de vitre vint frapper le péplum et allumer un incendie autour de Puychabaud, semblable à un dieu. L'impression qu'il produisit sur Joséphine, et qui se traduisit par un écarquillement prodigieux d'yeux et un geste de deux bras se levant au ciel, l'arracha à sa méditation. Il passa sa main dans sa barbe embrasée de pourpre, et dit de sa plus douce voix :

— Joséphine, voulez-vous prier Mme Labourdette...

— Elle n'est pas encore rentrée, monsieur, interrompit la fille ; elle est sortie ce matin de bonne heure avec son gendre.

— Son gendre ? fit Puychabaud choqué. Mais, c'est moi, son gendre !... Qu'entendez-vous par « son gendre » ?

— M. Gourlet.

— Alors, dites : son futur gendre ! Et madame ?

— Tout le monde est sorti, même Mlle Jocelyne.

— Il est cependant l'heure du déjeuner ?

— Passée de cinq minutes. La cuisinière n'est pas contente. Il y a, paraît-il, un plat qui ne peut attendre. C'est Mme Labourdette qui l'a commandé en disant : « C'est pour mon gendre ! »

Un coup de sonnette retentit.

— Les voilà ! ajouta-t-elle en sortant.

Puychabaud, resté seul dans la salle à manger, eut un large sourire de satisfaction.

« Ce plat, pensa-t-il, c'est le mien : la timbale hongroise ! »

Il fit claquer sa langue contre son palais et murmura :

— Ah ! elle a bien des qualités, belle-maman !

Pendant ce temps, Joséphine ouvrait à Gourlet.

— Comment ! seul ? lui cria Puychabaud du plus loin qu'il l'aperçut.

— Je viens de faire quelques emplettes pour la corbeille.

Les deux hommes entrèrent au salon.

— Et ces dames ? demanda Puychabaud.

— Je les ai laissées parmi les coupons du

Louvre... Ah ! mon cher ambiantiste, veux-tu voir un homme heureux ? Regarde-moi ! Une fiancée charmante, une belle-mère idéale... Comme tu disais vrai ! Quel tact ! quelle perle ! quel trésor !

— Jocelyne ?

— Non, belle-maman... Jocelyne aussi. Tu ne t'imagines pas ce que ce cœur renferme de délicatesse, de dévouement, de sensibilité exquise... Il est impossible de l'entendre causer, de regarder son doux sourire sans être séduit et charmé !

— Jocelyne ?

— Non, belle-maman... Jocelyne aussi, parbleu ! Ce n'est pas la même chose, voilà tout... Ces deux natures se complètent l'une l'autre pour parfaire mon bonheur... Me vois-tu entre cette aube vermeille qui se lève et ce doux crépuscule du soir qui repose ? Me vois-tu entre ces deux chères affections, adoré par l'une, gâté par l'autre, entouré de soins, de prévenances, de sollicitude, — le plus heureux des époux et des gendres, enfin !

— Eh bien ! et moi ?

— Toi ?

— Oui... Qu'est-ce que je deviens dans tout
cela ?

— Nous coupons belle-maman en deux :
chacun sa tranche !

— C'est que ta tranche n'est pas une moitié :
c'est un tout.

Gourlet protesta avec indignation. En ce
moment une forme maigre et longue coupa
comme un fil la porte qui mettait en communication le salon avec la salle à manger.

— On ne déjeune donc pas aujourd'hui ? demanda aigrement le fil qui s'épaississait à mesure que la distance diminuait, et dans lequel
Gourlet reconnut enfin le mélancolique Pradilleau. — Autrefois, continuait ce dernier, on
mangeait aux heures. Mme Labourdette était
un admirable chronomètre, un instrument de
précision accompli, ne retardant jamais.
Gourlet est en-train de le détraquer !

— Moi ?

— Pradilleau a raison.

— Dame, on ne se marie pas tous les
jours !

7

Le bohème s'était approché de Puychabaud.

— Dis donc, Nestor, demanda-t-il brusquement, tu ne pourrais pas me faire une petite avance sur mon mois ?

Puychabaud porta la main à sa poche en faisant remarquer doucement que c'était la troisième avance en huit jours.

— Très bien ! fit Pradilleau piqué, n'en parlons plus !

— Mais si ! mais si ! répondit le chef d'école. Est-ce que je t'ai jamais rien refusé ? Tiens, voilà un billet de cent.

Pradilleau empocha les cent francs avec un sec « merci », et, prenant à témoin Gourlet des procédés discourtois de Puychabaud, il lui dit tout bas avec amertume :

— Quelle humiliation ! être le nègre de cet homme !

Ce ne fut qu'au bout de trois quarts d'heure que ces dames firent leur apparition, avec M. Nathaniel Pouch qu'elles avaient rencontré en route.

— Que d'excuses à vous faire, mon gendre ! dit Mme Labourdette à Puychabaud, entre deux portes, au moment où elle entrait chez sa fille pour quitter son chapeau.

Puychabaud ne cacha pas qu'il avait attendu belle-maman toute la matinée pour lui demander un conseil à propos du péplum.

Quelques instants après, on se trouvait réuni autour de la table.

— Qne de courses !... Le Printemps...

— Le Louvre...

— Le Bon Marché...

— Le couturier Chose...

— Le bijoutier Machin...

— Je ne vis plus ! récapitula Mme Labourdette, toujours par monts et par vaux !

— Sans reproche, reprocha doucement Puychabaud, vous vous faites désirer.

— Prenez-vous en à ce monstre, répondit gaiement Mme Labourdette en montrant Gourlet, il absorbe tout mon temps.

— Oh ! je suis sans remords ! fit le jeune peintre en serrant à la dérobée la main de sa voisine.

Cette voisine était naturellement Jocelyne, — non plus la Jocelyne que nous avons connue

au début de ce récit, l'enfant pétulante et
étourdie, mais la jeune fille réservée, presque
timide, faisant de naïfs et pudiques efforts
pour dissimuler à tous les yeux le bonheur
qu'elle savait posséder en commun avec Gourlet et qu'elle aurait cru profaner en l'étalant
au grand jour, mais ne pouvant pas plus le
cacher qu'une fleur ne peut cacher son par-
fum.

Pendant ce temps, Mme Labourdette se
tournait vers Puychabaud qu'elle enveloppa
d'un doux et caressant sourire.

— Et vous, mon gendre? demanda-t-elle.

— Moi je suis en fièvre d'enfantement. J'ai
passé la matinée la tête plongée dans les mains,
comme ça !

— Que cherchiez-vous ?

— L'inspiration ?

— Non l'inspiration, je l'ai toujours... Mais
mon tableau... Ainsi le péplum...

— Vous n'aviez pas le péplum ?

— Ah ! c'est fâcheux, remarqua Pouch la
bouche pleine.

— Si, je l'avais, le péplum. Ce que je n'avais

pas c'est le tombant des plis autour du cadavre.

Jocelyne fit la moue.

— Je vous en prie, dit-elle, ne parlez pas de cadavre à déjeuner : cela coupe l'appétit !

— Je cherche un effet extraordinaire.

— Extraordinaire, assura Pouch sans y entendre malice, ça le sera toujours.

— Moi, ce qui m'inquiète fit observer Mme Labourdette, ce n'est pas tant les plis, ce sont les pieds.

— En effet, dit Puychabaud, ces pieds sont bien troublants à cause de l'ambiance. Moi, je les vois de face ; Pradilleau m'assure qu'il les voit de travers. Comment les voyez-vous, belle-maman ?

— Dame... répondit-elle, hésitante.

Puis, se tournant vivement vers le marchand de tableaux :

— Demandez à Pouch, qui est un homme de goût.

— Je trouve que dans un tableau c'est une question plus grave qu'on ne pense que celle des pieds !

— Je vous en prie, s'écria Jocelyne, parlons d'autre chose !

— De quoi voulez-vous parler, alors ? demanda âprement Puychabaud.

— Il a raison, Jocelyne : l'art ennoblit tout...

Elle s'interrompit pour jeter un regard interrogateur vers Joséphine.

— Eh bien ? demanda-t-elle.

— Le voici, madame, répondit la bonne en déposant un plat sur la table.

— Vous allez m'en dire des nouvelles, fit Mme Labourdette en plantant délicatement sa fourchette dans les flancs du mets mystérieux.

Belle-maman n'avait pas l'habitude de se vanter ; aussi son air rayonnant de confiance absolue fit-il passer un doux frisson dans les papilles de la langue et les nerfs olfactifs des invités.

— Ah ! ah ! dit Puychabaud attendri, ma timbale hongroise !

— Délicieuse, la timbale ! fut obligé de convenir Gourlet. Je ne lui connais qu'une rivale : la cassolette moscovite.

— Vous m'en avez parlé avec tant d'enthousiasme, répondit Mme Labourdette, que je me suis rendue chez Chabel et Poteau pour en avoir la recette. Je me suis dit : « Faisons plaisir à mon gendre ! »

— A moi ? demanda Puychabaud touché.

— Non, — à M. Gourlet.

— Ah ! fit Puychabaud décontenancé. J'avais cru,.. vous avez dit : « mon gendre ».

— Eh bien ?

Cet « eh bien ? » blessa profondément Puychabaud, qui se contenta de répondre :

— Pardon !... Mettons que j'ai mal entendu et attaquons la timbale hongroise !

— Ce n'est pas une timbale, rectifia Mme Labourdette en servant, c'est la cassolette moscovite... Votre plat favori, monsieur Gourlet !

— Ah ! belle-maman, comme c'est gentil à vous ! remercia le jeune homme.

Puychabaud se mordit les lèvres :

— C'était pour l'autre ! — Oh !

Il fit un si brusque mouvement que sa femme lui demanda :

— Qu'as-tu ?

— Rien : j'ai avalé un caillou.

Un caillou dans la cassolette ! Ce fut un cri général. On protesta. Elle fut trouvée exquise.

Seul Puychabaud restait froid.

— Et toi, mon ami, lui demanda Zyte, étonnée de son mutisme, comment la trouves-tu ?

— Je trouve les cailloux indigestes.

Pouch tendit son assiette à belle-maman :

— Si c'est un effet de votre bonté, encore un caillou !

— Ah ! ah ! elle a du succès, la cassolette !

Tout en savourant le chef-d'œuvre culinaire de Mme Labourdette, qu'il couvrit d'éloges, Pouch adressa ses compliments à Gourlet dont il venait de vendre un tableau.

— Vous ne l'aviez que depuis deux jours, remarqua le prix de Rome, très flatté.

— Parfaitement et je l'ai vendu un bon prix ! Envoyez-moi quelque autre chose.

— Et le mien ? demanda Puychabaud.

— On est venu le marchander à plusieurs reprises, mais on m'offre à peine le prix du cadre.

— Ah !

« Je trouve que c'est bien payé, le tableau enlevant du prix au cadre ! » pensa Pradilleau.

— Vous comprenez mon indignation, poursuivit Nathaniel Pouch. Je vends des tableaux et non des cadres. Mais je ne désespère pas ; on s'arrache aujourd'hui des tableaux qu'on dédaignait hier ; tenez, les internalistes, par exemple...

— Quelle blague, l'internalisme ! ricana Puychabaud.

— Mon cher maître, j'ai pour principe de ne juger jamais les tableaux que je vends. J'ai en ce moment de Caudrot-Poulouche une toile qui fait courir tout Paris ; cela s'appelle : *Un drame dans une courge.*

— Plaît-il ? dans une quoi ?

— Une courge.

— Le légume ?

— La courge n'est pas un légume, beau-frère, c'est un fruit.

— Fruit ou légume, poursuivit Pouch, c'est une œuvre de premier ordre. Imaginez-vous un coin de table sur lequel repose, indécise, une chose vaporeusement ronde et qui, noyée dans une pénombre incertaine, semble avoir des yeux flou vaguement réflexes.

— Ah! ah! ah!

— Pourquoi riez-vous? demanda Pouch étonné. C'est très suggestif, je vous assure, et d'une solide facture... Admirable comme conduite de pâte, et, vous savez, ça se tient dans un jus!... Si j'étais collectionneur j'achèterais cette toile ; dans quelques années d'ici on se l'arrachera à prix d'or.

Puychabaud fit semblant de n'avoir pas entendu. Il trouvait le marchand de tableaux stupide. On passa dans le salon, où Joséphine venait d'apporter les liqueurs.

— Une tasse de café? demanda Mme Labourdette à Gourlet, tandis que Jocelyne, le sucrier à la main, s'arrêtait devant lui et demandait à son tour en souriant :

— Combien de morceaux?

Il la regarda longuement.

— Y mettriez-vous tout le sucrier, finit-il par dire à voix basse, qu'il serait encore moins doux que votre sourire !

Il mit dans cette banalité un tel accent de

sincérité que Jocelyne rougit de plaisir. Il croyait n'avoir été entendu que d'elle, mais un murmure approbatif lui prouva que le madrigal n'était pas tombé dans des oreilles de muets.

— Très galant ! — Charmant !

— Ah ! ma fille sera bien heureuse !

Et tout le monde d'applaudir.

— Bravo ! bravo ! fit Pouch qui profita de la circonstance pour se réfugier dans les doubles bras d'un fauteuil profond et d'un sommeil plus profond encore.

Pradilleau seul ne disait rien. Nestor en fit la remarque :

— Qu'est-ce que tu fais là ?

— J'écoute. C'est touchant. Et puis mon café manque de rhum.

— Oh ! pardon, monsieur Pradilleau. Voici les liqueurs, servez-vous.

— Merci, madame.

Pradilleau emplit sa tasse jusqu'aux bords.

— Là, fit-il, ça sentira moins le café !

— En usez-vous, mon ami ? demanda Mme Labourdette à Gourlet en lui tendant le rhum.

— Merci ! Après le café, un petit verre de cognac.

— Eh bien ! demanda Puychabaud de fort méchante humeur, et à moi on ne m'offre rien, à moi ?

— Oh ! ce pauvre ami ! s'écria Mme Labourdette très fâchée. — Veille donc sur Nestor, Zyte !

— Excuse-moi, mon ami, fit Zyte avec empressement, c'est que maman avait toujours l'habitude de te servir.

— Oui, elle avait cette habitude, répéta amèrement Puychabaud.

— Vous étiez mon unique gendre ; aujourd'hui j'en ai deux.

Pradilleau glissa dans l'oreille de Nestor :

— Dis donc, elle te lâche, belle-maman !

— Hein ! comment ?

— Dame, on te traite déjà comme si tu n'existais plus !

Cette remarque, qu'il commençait à se faire *in petto* depuis quelque temps, serra le cœur de Puychabaud.

— C'est vrai, fit-il révolté, je ne suis plus rien ici !

— Bravo ! bravo ! murmura Pouch à moitié réveillé.

Puychabaud crut d'abord que le marchand de tableaux marquait une joie indécente de la situation nouvelle faite à Gourlet dans sa maison, et il allait s'emporter, mais il n'eut qu'à jeter les yeux sur lui : Pouch, la tête congestionnée, disparaissant dans les épaules, accroupi, veule et hideux, dans le fond du fauteuil, dormait du sommeil pénible des apoplectiques.

Mme Labourdette était allée s'asseoir sur le canapé auprès de Gourlet.

— Causons peu et causons bien, mon gendre ! lui dit-elle de sa voix câline.

— Je vous écoute, belle-maman.

— Il s'agit de votre installation.

— Oui, belle-maman.

Puychabaud interrompit, agacé :

— D'abord, elle n'est pas encore ta belle-maman.

— Elle le sera dans quelques jours.

— C'est comme Mme Labourdette : « Mon gendre, mon gendre... » D'abord, tu n'es pas encore son gendre !

— Mais puisque dans quelques jours... appuya Mme Labourdette.

— Qui sait ? interrompit de nouveau Nestor ; tout arrive !

Un « Oh ! » de réprobation s'éleva de tous côtés.

— Comment, tout arrive ! s'écria Gourlet moitié choqué, moitié riant.

— Vous êtes gai, beau-frère ! protesta Jocelyne.

— En vérité, mon gendre...

— Tenez, vous dites « mon gendre », continua Puychabaud, toujours amer. On ne sait maintenant à qui vous parlez. Est-ce à moi ? est-ce à Gourlet ? Autrefois, le doute n'était pas possible : « mon gendre » c'était moi, et tout le monde était content.

— Mais, mon cher ami, que voulez-vous que je fasse ?

— Dites à Gourlet : « monsieur ».

— Comment ! monsieur... monsieur ! à mon gendre ?

— Ou Ernest... je crois qu'il s'appelle Ernest.

— Mon fiancé a autant de droits que vous à la sollicitude de maman !

— Pardon ! je suis le premier en date. Au reste, ce que j'en dis là, c'est par pure bienséance...

Pendant ce temps, Pradilleau versait dans sa tasse tout le contenu du flacon de rhum, en disant :

— Ça sent encore trop le café !

— Vous parliez d'installation, reprit Gourlet s'adressant à Mme Labourdette : j'ai loué à Auteuil une charmante petite maison.

— Gardons-la ! opina Jocelyne.

— Qu'en dites-vous, belle-maman ?

— Allons d'abord la voir, mon gendre.

Ces mots, revenant à tout instant, de « belle-maman » et de « gendre », dont Puychabaud avait eu jusqu'alors le monopole exclusif, tombaient comme des gouttes de plomb fondu sur son égoïsme et sa vanité.

— Ils sont grotesques ! grotesques ! murmurait-il en riant de pitié.

— Qu'as-tu, mon ami ? Tu as l'air agacé, remarqua Zyte, étonnée des mouvements désordonnés, auxquels se livrait son mari.

— Moi?... Du tout !... Je m'amuse énormément !...

Et il se mit à siffler avec indifférence. Il n'eut
pas l'air de voir Mme Labourdette sortir un
objet de sa poche et le présenter à Gourlet.

— Que dites-vous de ceci ? demanda-t-elle
gaiement.

Gourlet poussa un cri d'admiration :

— Oh ! le joli porte-cigares !

— Brodé par Jocelyne, ajouta vivement
Mme Labourdette.

— Et par toi, maman !

— Des porte-cigares maintenant ! ricana
Puychabaud.

Il se retint pour ne pas pouffer de rire, car
le spectacle qu'il avait sous les yeux était décidément par trop ridicule. Il ne se rappelait
pas avoir vu, dans toute sa vie, quelque chose
d'aussi burlesque que cette belle-mère, qui
ne l'était pas encore, jetant des porte-cigares à
la tête d'un gendre, qui ne le serait peut-être
jamais. C'était à se rouler !

— A mon chiffre ! constatait pendant ce

temps Gourlet dont l'œil fouillait avec com-
plaisance les infiniment jolies choses dont le
mignon porte-cigares était orné.

— Bourré d'excellents Henri Clay... que j'ai
choisis moi-même, ajouta belle-maman.

Ça, c'était le bouquet ! — Des Clay ! Elle le
rendait complètement ridicule !

— Oh ! c'est trop ! beaucoup trop ! fit Gourlet.

— Jamais trop pour son gendre !

Pradilleau retourna le poignard dans la
plaie en glissant à l'oreille de l'artiste :

— Décidément, te voilà dans les quatrièmes
dessous !

Et la vilaine bête eut un sourire moqueur
tandis que Nathaniel Pouch, réveillé en sursaut, s'écriait :

— C'est cela ! Parfait !

Mme Labourdette se mit à rire.

— Voilà Pouch parti ! fit-elle.

Elle vint à Puychabaud sans remarquer son
air pincé, lui prit les mains et lui dit gaiement :

— Vous avez entendu ? Tout pour son gendre ! — Il me semble, s'écria-t-elle avec effusion, qu'il y a un siècle que je ne vous ai vu !.. Bonjour, mon gendre !... Vous allez vous remettre au travail ?

— Oui, et à ce propos, fit-il vivement, heureux de reprendre possession de sa belle-mère, j'aurais besoin de vous une toute petite minute.

— Désolée, mon cher ami, nous allons visiter la maison de M. Gourlet à Auteuil.

— Ah ! fit Puychabaud dont la mine s'allongea.

— A mon retour.

— C'est qu'il fera nuit, à votre retour.

Il prononça cette phrase avec une grande amertume. Mais il était écrit qu'elle ne s'apercevrait de rien ce jour-là, car elle poursuivit sur un ton très léger :

— Eh bien ! à demain alors ! Vous comprenez, mon ami, je marie Jocelyne : j'appartiens à son fiancé.

Elle rentra dans l'appartement de Zyte avec Jocelyne pour réparer les désordres de sa toilette, tandis que Gourlet allait décrocher son

chapeau dans l'antichambre et que Pradilleau,
prenant sous son bras Nathaniel Pouch encore endormi, l'entraînait vers la sortie en disant :

— Pousset nous attend. Allons oublier.

IX

LE COMPLOT

— Ils font bien de sortir ! s'écria Puychabaud avec force, une fois seul avec sa femme :
j'allais éclater !

— Pourquoi ? à quel sujet ? demanda Zyte
étonnée.

— Ne les as-tu pas vus tous les deux là,
sous mes yeux !

— M. Gourlet et Jocelyne ?

— Mais non, pas Jocelyne, — belle-maman.
Ils ont été d'une inconvenance...

— Tu es fou !

— Mme Labourdette oublie ce qu'elle doit à son premier gendre !

— En vérité, tu es d'une tendresse pour elle ! fit Zyte avec dépit.

— Comment ! continua Nestor sans l'entendre, ce Gourlet se glisserait chez moi pour me voler ma belle-mère !

— Il me semble, remarqua aigrement Zyte, il me semble que votre femme vous reste !

L'autre continuait :

— J'étais si heureux avant l'arrivée de cet animal ! J'étais gâté, j'avais mes petites habitudes, on me choyait, on me dorlotait... J'avais l'air d'exister enfin !... Tandis que maintenant on me jette un sourire comme on jette un os à un chien ! — Veux-tu que je te dise ? termina-t-il, très monté : je le trouve envahissant, ton Gourlet !

— Et moi, je vous trouve ridicule ! éclata Zyte.

Puychabaud la regarda, surpris.

— Dites tout de suite, continua Zyte dont la colère grandissait, que vous êtes jaloux de maman !

— Moi?

— Oui, vous !... Je me révolte à la fin contre la situation qui m'est faite dans mon ménage, où je suis blessée à tout instant dans ma dignité de femme et d'épouse.

— Je ne vois pas...

— Oh ! je sais que vous ne voyez rien que par les yeux de maman ! que ses yeux sont vos lunettes ! que vous ne jugez que par elle ! que vous n'entendez que par elle ! que vous n'êtes heureux que gâté par elle !... C'est odieux !

— Mais...

Zyte s'exaltant :

— Je ne suis donc rien ici, moi ? Je ne suffis donc pas à votre bonheur?

Il voulut la calmer, mais elle, le repoussant, s'écria très irritée :

— Eh ! monsieur, dites tout de suite que vous me préférez maman. Alors ce n'est pas moi qu'il fallait épouser, c'est maman !

Puychabaud haussa les épaules. Il était d'autant plus froissé qu'il commençait à avoir conscience que sa femme avait raison.

— Vous êtes folle ! dit-il. Où voyez-vous que je sois si enthousiaste de maman ? D'abord, c'est fini, je lui retire ma confiance !

— La leçon est bonne ! Jamais je n'aurai recours à elle, jamais !

— Ah ! ni moi non plus, par exemple !

— Vous pensez bien, monsieur, que je ne veux plus me retrouver dans une situation aussi fausse que celle où vous me placez vis-à-vis de Mme Labourdette...

— Est-ce ma faute ? Dès que nous sommes en désaccord, vous vous précipitez chez elle.

— Vous vous gênez peut-être ?

— Tout cela était insensé ! Si jamais on m'y reprend !

— Et moi donc !

— C'est la faute à Gourlet !

— C'est la vôtre ! Vous avec un caractère détestable !

— Et vous, atroce !

— C'est cela, soyez grossier, afin de ne pas en perdre l'habitude !

— Si vous croyez être polie, vous !

— Vous êtes un rustre !

— Et vous une toquée !

— Oh ! rustre ! — Oh ! toquée ! s'écrièrent-ils au comble de l'indignation.

D'un bond, mus par le même sentiment, ils s'élancèrent vers la porte et appelèrent avec frénésie :

— Maman ! — Belle-maman !

Ils se rencontrèrent sur le seuil, échangèrent un regard embarrassé, se rendirent compte du ridicule de leur situation et partirent tous les deux d'un franc éclat de rire.

— Sommes-nous bêtes, hein ? remarqua Puychabaud, le corps secoué de rire comme par une main.

— Deux vrais fous ! répondit la jeune femme sur le même ton.

— Nous avons l'air de pantins dont belle-maman tient les fils !

— On dirait que nous ne pouvons vivre sans elle !

— Redevenons nous-mêmes, veux-tu, ma petite Zyte ?

— Certainement, mon cher Nestor... Je

suis bien sûre que si nous n'étions que nous
deux...

— Nous nous entendrions à merveille...

— Mais voilà...

— Nous avons un tiers entre nous...

— Toujours !

— C'est long, toujours !

— Est-ce que nous avons besoin de quelqu'un pour être heureux ?

— En somme, ce n'est pas belle-maman qui
constitue notre bonheur...

— Elle ne serait pas là que nous nous suf-
firions à nous-mêmes...

— Je dirai plus...

— Dis, mon ami.

— Nous serions cent fois plus heureux sans
ta mère.

— Je n'osais pas le dire !

— Alors, c'est décidé ?

— Nous secouons son joug ?

— Notre bonheur est à ce prix !

— Maman d'un côté, nous de l'autre...

— Ah ! la bonne idée ! — Nous allons l'a-
vertir...

— Avec tous les ménagements possible...

— C'est ta mère, après tout !

— Ensuite, elle est si bonne !

— Excellente ! — Elle nous rend malheureux sans le vouloir...

— Et sans le savoir...

— Enfin ! nous allons être libres !

— Mon Nestor !

— Ma Zyte adorée !

Ils se jetèrent dans les bras l'un de l'autre et restèrent enlacés, très émus, comme au seuil d'un monde nouveau qui se serait ouvert devant eux.

X

UNE RÉVOLUTION DE PALAIS

— Comment, paresseux, pas encore prêts ? demanda Mme Labourdette en sortant avec Jocelyne de la chambre à coucher de Zyte, le chapeau sur la tête et l'ombrelle à la main.

De son côté, Gourlet criait du seuil de l'antichambre :

— Eh bien ! partons-nous ?

— Le temps de mettre mon chapeau, répondit Zyte. — Vite, Joséphine, je sors !

— Ah çà ! qu'avez-vous fait de Pouch ? demandait Puychabaud peignant sa belle barbe devant la glace.

— J'ai aidé Pradilleau à le fourrer dans un fiacre où il est en train de ronfler.

— Ce n'est pas un marchand de tableaux, c'est une marmotte ! constata Puychabaud, lequel, en passant, prit le menton de sa petite belle-sœur et lui donna deux ou trois tapes amicales sur la joue. — Dire, ajouta-t-il gaiement, que cette gamine va se marier !

— Gamine ! protesta Jocelyne.

Zyte échangea un regard avec son mari.

— Il est de fait, remarqua-t-elle, que je ne me la représente guère, inexpérimentée comme elle est, supportant toute seule le poids d'un ménage.

— C'est ce que je me disais tout à l'heure, fit Mme Labourdette avec une sollicitude inquiète : elle est si jeune !

Rien ne vexait plus Jocelyne que d'être traitée de petite fille.

— Jeune, à seize ans ! Mais protestez donc, vous ! cria-t-elle à Gourlet, dépitée.

— Aussi, moi, à votre place, belle-maman... poursuivit Puychabaud.

— Il n'hésiterait pas ! accentua Zyte.

— Oh ! non !... J'irais habiter avec elle.

Mme Labourdette se récria :

— Vous quitter... oh !

— Pas pour toujours ! fit vivement Zyte.

— Cela va sans dire ! reprit Puycha-baud.

Belle-maman réfléchissait.

— L'idée n'est pas mauvaise, dit-elle.

— Excellente, au contraire ! exclama le gendre, enchanté de voir la tournure que prenait la conversation.

— Quel bonheur ! nous aurons maman avec nous !

Et Jocelyne battit des mains.

— Du moment que mon gendre m'approuve.

— Je suis ravi ! ne put s'empêcher de crier Puychabaud.

— De ce que je vous quitte ? demanda Mme Labourdette.

— Ravi pour Gourlet — navré pour moi !

L'idée de « navrer » son gendre était insupportable à la bonne dame.

— Alors je reste, fit-elle.

Puychabaud s'envoya à tous les diables.

— Non, belle-maman, reprit-il avec feu,
Jocelyne avant tout !

— C'est gentil, petit beau-frère !

— Tu ne peux pas abandonner ce jeune
ménage, fit remarquer Zyte.

— Vous le voudriez, déclara Puychabaud,
que vous ne le pourriez pas !

— Non, vous ne le pourriez pas ! poussa
Gourlet à la roue.

— Jocelyne est aussi ta fille, maman !

Mme Labourdette les regarda en souriant.

— En vérité, dit-elle, si je ne vous connaissais pas comme je vous connais, je croirais à
vous entendre...

— Et puis, continua Puychabaud, suivant
son idée avec la tenacité d'un mulet d'Au-
vergne, Auteuil, c'est la campagne !

— Les vastes horizons ! ponctua Gourlet.

— L'air vivifiant et pur !

— La nature agreste !

— C'est si joli, Auteuil !

Une voix cria :

— Vu du Point-du-Jour surtout !

C'était celle de Pradilleau qui venait de réintégrer l'atelier.

— Allons, c'est dit, fit chaleureusement Puychabaud, allons faire vos malles !

— Comment, mes malles ! s'écria Mme Labourdette stupéfaite.

— Tu vas trop vite ! souffla Zyte dans l'oreille de son mari.

— Quand je dis allons — pas tout de suite, essaya de rattraper Puychabaud, conscient de son imprudence.

Mme Labourdette ne put cacher son dépit.

— Vous êtes bien pressés de me voir partir ! dit-elle, fâchée.

— Nous ! cria Puychabaud, tombant dans l'extrême contraire, pourriez-vous croire ?... Oh ! belle-maman !

Et ses bras levés en l'air eurent des mouvements de télégraphe Chappe transmettant à une station lointaine l'indignation d'un gendre calomnié.

— Nous ne pensons qu'à ma sœur Jocelyne, appuya Zyte.

— Nous ne pensons qu'à mon ami Gourlet...

— Mais oui, dit Gourlet, nous ne pensons qu'à moi.

— Vous y pensez trop ! répliqua Mme Labourdette de plus en plus fâchée. Je verrai, je réfléchirai...

Gourlet, désireux d'avoir sa part de belle-maman — Puychabaud, on s'en souvient, s'était engagé naguère à lui en céder la moitié — ne dissimula pas le prix qu'ils attachaient, Jocelyne et lui, au concours de Mme Labourdette.

— Nous serions si heureux tous les trois ! conclut-il.

— Vous le serez ! s'écria Puychabaud avec chaleur. Un cœur d'or, belle-maman ! Elle viendra, j'en suis sûr !

L'insistance était maladroite.

— Je trouve qu'on dispose de moi avec trop de désinvolture, fit Mme Labourdette décidément blessée. — Dites tout de suite, reprit-elle avec une vivacité qui ne lui était pas habituelle, dites tout de suite que vous êtes heureux de vous débarrasser de moi !

— Vous exagérez, répondit Puychabaud.

La provocation était si directe que tout le monde tressaillit. Où voulait-il en venir ?

Mme Labourdette en resta suffoquée.

— Ce n'est pas gentil, reprocha-t-elle sur un ton aigre, après les témoignages d'intérêt que je vous ai donnés... après les sacrifices même...

— Des sacrifices ? releva Puychabaud décidé à la rupture, je ne m'en suis pas aperçu !

— Vous avez une mauvaise mémoire ! riposta sèchement la dame.

— Il en est d'autres qui vantent trop la leur !

— Mon gendre ! s'écria Mme Labourdette pâlissant sous l'insulte.

Evidemment, Puychabaud avait dépassé la mesure. Zyte était mécontente ; Jocelyne, revoltée.

— Tu es fou ! dit Gourlet à son ami ; quelle mouche t'a piqué ?

Mais Puychabaud n'écoutait rien.

— Vous avez été une excellente belle-mère, soit ! fit-il ; mais moi, j'ai été un excellent gendre.

9

Et il conclut :

— Nous sommes quittes !

— Quittes ! s'écria Mme Labourdette. Oh ! moi qui l'ai comblé de bienfaits !

— C'était votre devoir !

— Oh ! moi qui passais ma vie à rétablir la paix dans son ménage !

— Ne touchons point à ce sujet délicat, j'aurais trop de choses à dire...

— Dites-les !

— Je vous dois des égards.

— Je vous en dispense !

— Du moment que vous le prenez sur ce ton... Après tout, j'aime autant cela !

Zyte, Jocelyne et Gourlet, effrayés des proportions inattendues que prenait la querelle, voulurent s'interposer ; mais le torrent était sorti de son lit, menaçant d'emporter tout ce qui s'opposerait à son passage.

« Une révolution de Palais ! » se dit Pradilleau inquiet.

— C'est une leçon pour l'avenir ! cria Mme Labourdette.

— Je le désire !

— Si l'on me reprend jamais à me mêler des affaires d'autrui !

— Chacun y gagnera !

— C'est bien, monsieur, je me retire !

— Comme vous voudrez !

— Maman ! supplièrent Zyte et Jocelyne.

— Viens, Jocelyne... Viens, Zyte... Venez, monsieur Gourlet... Laissons cet homme seul !

— Que Gourlet et Jocelyne vous suivent, soit ! Mais Zyte est à moi et je la garde !

— Mon ami !... Maman ! disait Zyte allant de l'un à l'autre.

— C'est affreux ! pleurait Jocelyne.

— Mais interposez-vous, monsieur Gourlet !

— O joies ineffables de la famille ! marmottait le bohème.

Belle-mère et gendre se défièrent du regard.

— Désormais, dit la première très exaltée, nous sommes étrangers l'un à l'autre !

— Nous ne nous connaissons plus ! dit le second.

— Vous étiez mon gendre : je vous supprime !

— Vous étiez ma belle-mère : je vous biffe !

— Vous êtes mort pour moi !

— Vous, enterrée !

— Cet immeuble m'appartient vous êtes mon locataire...

— Je le regrette !

— Moi aussi ! — Je vous augmente de dix mille francs !

— Si vous croyez que je tiens à votre bicoque !

— Je vous donne congé !

— Avec plaisir !

— Je vais mettre un écriteau !

— Mettez-en quatorze !

— Je ne veux plus de peintre dans ma maison : la peinture, c'est salissant !

L'outrage fit pousser un hurlement à Puychabaud. Gourlet et Pradilleau le prirent à bras-le-corps, tandis que Zyte et Jocelyne faisaient tous leurs efforts pour calmer Mme Labourdette.

— Laissez-moi tranquille, vous ! cria celle-ci en les repoussant.

Et s'adressant à Puychabaud :

— Quant aux dégâts que vous avez commis dans mon immeuble...

— Quels dégâts ?

— Vous avez abattu trois murs pour construire un atelier : vous allez rétablir ces murs à vos frais.

— Ah ! c'est trop fort ! — Mais c'est vous... vous-mêmes, qui les avez démolis !

— Non, monsieur, ce n'est pas moi ; c'est votre belle-mère.

— Eh bien !

— Est-ce que je connais votre belle-mère ? Si cette femme est assez folle pour détériorer mon immeuble, elle agissait en votre nom... Vous êtes responsable de ses actes ! Moi, la propriétaire, je ne connais que vous, et c'est à vous que je demande des comptes !

Puychabaud resta d'abord bouche bée, comme écrasé sous le poids de cette argumentation imprévue ; puis, reconnaissant tout ce qu'elle avait de contraire à la logique de Liard, qu'on enseigne dans les écoles, il fut saisi d'une telle indignation qu'il jeta un seul cri, mais un cri effroyable d'Apache qu'on scalpe.

Zyte et Jocelyne affolées supplièrent Gourlet et Pradilleau de retenir Nestor, tandis qu'elles essayeraient d'entraîner leur mère hors de l'appartement. Le pauvre prix de Rome ne savait où donner de la tête : Pradilleau lui-même, que l'inquiétude gagnait de plus en plus — nous saurons plus tard pourquoi, — faisait une navette acharnée entre les deux combattants.

Mme Labourdette continuait :

— Je vous somme de me rendre l'appartement en l'état où vous l'avez pris. Article 1730 du Code civil : « Le preneur doit rendre la chose telle qu'il l'a reçue. » Article 1732 : « Il répond des dégradations et des pertes qui arrivent pendant sa jouissance... »

— Ma jouissance !... Ah ! elle est jolie, ma jouissance ! D'abord, je n'ai pas de bail avec vous.

— Article 1716 : « Lorsqu'il y aura contestation sur les réparations locatives et qu'il n'existera point de bail, le propriétaire en sera cru sur son serment, si mieux n'aime le loca-

taire demander l'estimation par les experts,
auquel cas les frais de l'expertise resteront à
sa charge... »

Elle débitait le Code sans hésitation, avec
une sûreté de mémoire que l'exaspération rendait plus aiguë. Elle conclut par un :

— Je vais vous envoyer des experts !

— Je les jetterai par la fenêtre !

— Je ferai saisir vos meubles !

Devant cette menace, il ne fallut pas moins
des huit bras dont disposaient Gourlet, Pradilleau, Zyte et Jocelyne pour l'empêcher de
se ruer sur sa belle-mère.

— Si vous refusez d'exécuter les réparations,
poursuivait Mme Labourdette implacable et
d'une voix coupante comme un tranchelard,
je ferai vendre tout ce qui vous appartient,
excepté ce que l'article 592 du Code de procé-
dure civile vous réserve, savoir : « le coucher
nécessaire du saisi, les habits dont le saisi est
vêtu et couvert, les outils relatifs à la profes-
sion du saisi jusqu'à la somme de 300 francs,
les farines et menues denrées nécessaires à la
consommation du saisi et de sa famille pen-

dant un mois, enfin une vache et trois brebis
ou deux chèvres, au choix du saisi, avec les
pailles, fourrages et grains nécessaires pour la
litière et la nourriture desdits animaux pendant un mois ».

— Je me moque de votre Code ! hurla
Puychabaud au comble de l'exaspération.

— Vous exécuterez les réparations aux-
quelles la loi vous condamne ! cria Mme Labourdette sur le même ton.

— J'aimerais mieux démolir votre maison !

— Oh ! vous ne me connaissez pas !

— Si je vous avais connue, vous ne seriez
pas ma belle-mère !

— Je ne suis pas votre belle-mère ; je suis
votre propriétaire... une propriétaire implacable qui va vous traîner devant les tribu-
naux !

— J'attends du papier timbré !

— Dans trois jours vous aurez rétabli les
cloisons, ou vous serez, par mon ordre, con-
damné, saisi, vendu et jeté dans la rue comme
un malfaiteur !... J'ai dit !

Et elle s'élança vers la porte, suivie de Zyte, de Jocelyne et de Gourlet éplorés. Elle s'arrêta sur le seuil, se dressa de toute la hauteur de sa petite taille et répéta, bouillante d'indignation, comme un dernier défi :

— J'ai dit !

Elle sortit en coup de vent.

XI

APRÈS LA BATAILLE

Nous nous déclarons impuissant à peindre l'état de stupeur d'abord, de surexcitation ensuite dans lequel se trouva Puychabaud, lorsque la porte se referma avec fracas sur Mme Labourdette. Il faudrait avoir l'œil de Gaudrot-Poulouche — vasistas ouvert, on le sait, sur le tréfonds des hommes — et posséder la palette de Turner pour saisir et rendre dans toute son horreur l'épouvantable orage qui grondait en ce moment dans l'âme de l'artiste et convulsait ses traits.

Puychabaud était affreux à contempler. Les

yeux lui sortaient de la tête ; il haletait, sa voix tremblait dans sa gorge, les poils de sa barbe, ordinairement frisée comme de la fine étoupe d'or, se hérissaient à l'instar des rudes soies ornant la face de Pradilleau.

Enfin, il put émettre un son, suivi d'un cri d'épouvante :

— Quel monstre que cette femme !

Pradilleau conseilla le calme.

— Le calme ! vociféra Nestor qui prit cette recommandation pour une injure, tu parles de calme !... Tu ne l'as donc pas entendue cette créature ?

— C'est que tu n'as guère été tendre pour elle. Les premiers torts sont de ton côté.

Nestor protesta avec une telle véhémence que Pradilleau se rendit compte qu'il serait puéril d'essayer, en ce moment, de faire entendre raison à cet homme en délire. Impuissant à éteindre l'incendie, il devait se contenter d'en circonscrire le foyer.

L'escalier était encore plein d'un brouhaha confus. C'était Mme Labourdette escaladant son second étage en compagnie de ses deux filles et de Gourlet. Il y eut un grincement de porte violemment ouverte, suivi d'un autre grincement de porte violemment fermée.

Zyte et Gourlet se trouvèrent seuls sur le palier. Ils redescendirent au premier.

— Oh ! mon Dieu, mon Dieu, quelle aventure ! gémit la jeune femme en rentrant au salon.

Elle s'effondra dans un fauteuil. Gourlet était désorienté : ignorant les motifs auxquels avait obéi Puychabaud, il ne pouvait s'expliquer l'attitude assaillante de son ami vis-à-vis de Mme Labourdette ; il était hors de doute que la provocation avait été intentionnelle. Gourlet trouvait bien étonnant, d'un autre côté, que belle-maman eût donné à la discussion une tournure agressive à laquelle il était loin de s'attendre, connaissant les trésors de tendresse que recélait ce cœur de belle-mère ; mais le manque de tact de Puychabaud excusait, en somme, tous les écarts et toutes les faiblesses.

Pendant ce temps Nestor arpentait le salon. Enfin ! elle avait levé le masque ! elle s'était

montrée dans toute sa hideur ! Les belles-
mères ! Ah ! il en était revenu des belles-
mères ! A ce propos, Gourlet ne fut pas fâché
de lui jeter à la tête ces simples mots :

— Ingrat ! L'Ange de ton foyer !

« L'Ange du foyer », ce leitmotiv, qui reve-
nait avec les mêmes accents vainqueurs dans
toutes les conversations de Puychabaud,
produisit cette fois l'effet d'une note scélérate-
ment fausse.

— L'ange ! s'exclama-t-il furieux : le démon,
tu veux dire !... Oh ! j'y vois clair maintenant ! continua-t-il de l'air d'un homme qui,
plongé jusqu'alors dans d'infernales ténèbres,
monte flamboyant dans la lumière. Tu ne
t'imagines pas le mal qu'elle nous a fait en
s'immisçant dans nos affaires de ménage.
Elle en était arrivée à commander pour nous,
à agir pour nous, à penser pour nous, à exister pour nous... Aussi qu'est-il arrivé ? A force
de vivre sous cette tutelle, d'autant plus dangereuse qu'elle ne se faisait point sentir, nous
avions désappris à être des créatures respon-
sables, ayant des droits et des devoirs, incons-

clients de ce que nous nous devions entre époux d'égards et de bienveillance réciproque. Que cet appui vînt à nous manquer... alors, livrés pour un instant à nous-mêmes, nous commettions sottises sur sottises... Elles s'accumulaient, s'entassaient, s'empilaient, grimpaient les unes sur les autres : le pygmée devenait géant ; la colline, montagne ; le Moulin de la Galette, mont Blanc !

— Maman est la meilleure des femmes...

— Tu viens de la voir, tu viens de l'entendre... Enfin, j'admets que ses intentions soient pures ; j'admets qu'elle agisse sans arrière-pensée... Eh bien ! sans le savoir, elle obéit à sa destinée, — à cette destinée inexorable qui fait de toute belle-mère, quelle qu'elle soit, le bourreau de son gendre !

— Plaisanteries caduques !

— Vérités éternelles ! La nature a ses lois, lois immuables ; elle a décidé, dans sa sagesse insondable, que la belle-mère serait une bête malfaisante, — et quoi qu'elle dise, quoi qu'elle fasse, bête malfaisante elle restera, —

et, à la consommation des siècles, lorsque l'heure de la fin du monde aura sonné, lorsque le dernier mari et la dernière femme râleront dans un coin, on verra, accroupie sur eux, vampire effroyable, la dernière belle-mère activant leur agonie !

Le spectacle que dépeignait Puychabaud en de si vives couleurs devait être plus plaisant qu'horrible, car Gourlet et Pradilleau l'accueillirent par un franc éclat de rire.

— Tu sais très bien, au fond, dit Zyte boudeuse, que maman est la bonté même.

— Voilà pourquoi elle nous a fait tant de mal ! Lorsqu'une belle-mère est naturelle, c'est-à-dire hargneuse, acariâtre, vindicative, on sait à quoi s'en tenir ; on veille, on est sur le qui-vive, l'arme au bras, prêt à toute surprise. Mais lorsqu'elle met son masque aimable, on oublie sa nature, on la laisse à son travail de taupe... elle se faufile dans votre existence... elle l'envahit, l'accapare, — et alors, malheur à toi, Gourlet !

— Oh ! moi je suis bien tranquille !

— Oui, je connais ça ! Tu te dis : « Puycha-

baud est un imbécile; je ne me laisserai pas
mater comme lui ! »

— Non, mais...

— Mais tu le penses !... Eh bien ! une fois le
bout du doigt dans l'engrenage, le corps y passera tout entier !... Heureusement je me suis
arrêté à temps; encore quelques mois de servitude et cette femme aurait si bien achevé
son œuvre que nous aurions été incapables de
vivre sans elle.

Enfin ! nous sommes libres ! — Tu entends,
ma Zyte, libres !

— Nous aurions pu le devenir sans scandale,
remarqua judicieusement Zyte.

— Jamais de la vie !... Il fallait couper !
Réjouis-toi! Une nouvelle vie va commencer
pour nous dans cette maison pleine de la
douce absence de cette femme ! Enfin, libres !
Comprends-tu? libres !

— Il est fou! dit Pradilleau, riant.

— Oui, fou de joie d'avoir reconquis ma liberté perdue, ma dignité d'homme amoindrie !
Célébrons ce grand jour par des fêtes somp-
tueuses et des fanfares éclatantes !... Allons

au cabaret... Après le cabaret le spectacle...
Après le spectacle...

— Mon ami...

— Festinons gaiement! tuons le veau gras!
menons joyeuse vie!... Rien ne sera trop beau,
rien ne sera trop cher pour fêter dignement le
jour du triomphe et de la délivrance!

Sa voix avait pris des accents de clairon. Il
aurait même exécuté un pas de « cavalier
seul » si Joséphine n'était venue lui demander, de la part de la cuisinière, le menu
du dîner.

— Le menu? Au diable le menu! Je donne
campos à la cuisinière... Qu'elle s'amuse, la
cuisinière... et son pompier aussi!... C'est un
grand jour!... Vous aussi, Joséphine. Tout le
monde a congé, avec deux louis de gratifica-
tion! Allez, riez, chantez, gambadez! Je veux
qu'on s'en donne à cœur joie, car aujourd'hui
c'est grande fête!

— Une idée! proposa Pradilleau : j'ai
touché des économies, j'offre à dîner au restaurant.

— Accepté!

— Alors, en route !

— Ah ! ma petite Zyte, dit Puychabaud en serrant sa femme dans ses bras, tu vas enfin connaître les délices de ce paradis terrestre qu'on appelle une maison sans belle-mère !

XII

LES PLEURS DE LA « WALKURE »

Le programme des fêtes extraordinaires élaboré par Puychabaud fut ponctuellement exécuté : dîner dans un restaurant à la mode, soirée joyeuse dans un joyeux théâtre du boulevard ; le lendemain, départ dès la première heure pour Trouville, où la saison s'ouvrait à peine ; promenades à pied sur la grève, en voiture dans les environs ; baignades répétées, concert et bal au casino, visite à Honfleur, régates au Havre... Il leur semblait qu'ils s'étaient mariés la veille et qu'ils refaisaient leur voyage de noces !

Cela dura cinq jours, cinq jours de plein air et de courses folles, à travers l'oubli. A la longue cette succession de plaisirs mal gradués finit par provoquer la lassitude. Ils profitèrent de ce que le temps s'était subitement rafraîchi à Caudebec, où ils étaient allés observer le mascaret, pour rentrer à Paris, enchantés, mais quelque peu fatigués de leur escapade.

Nous les retrouvons dans leur charmant intérieur de l'avenue de Villiers. Ils étaient rayonnants de bonheur.

— Enfin ! nous sommes chez nous ! soupira Zyte avec satisfaction.

— Et seuls, cette fois ! cria joyeusement Nestor, entends-tu ? seuls ! — Oh ! la solitude à deux !

Et il ajouta, respirant à pleins poumons cette atmosphère vierge de belle-mère :

— Ah ! qu'il fait bon vivre !

Quoique partageant cet enthousiasme, Zyte ne dissimula pas qu'elle avait des remords.

— Tu veux parler de ?...

Il ne prononça pas le nom, désormais proscrit, de Mme Labourdette; il se contenta de montrer le plafond de la main.

— Oui, répondit Zyte à cette mimique méprisante.

— C'était une opération chirurgicale à subir. Eh bien! l'opération a réussi! D'ailleurs, une femme qui trouve la peinture salissante...

— N'y pensons plus, mon ami.

— Tiens! il manque un bouton à mon veston... Et les écriteaux d'en bas? As-tu vu les écriteaux? « Premier étage à louer de suite. » — Tu as raison, ne parlons plus de ta mère! Son seul nom...

Il s'arrêta pour ne pas blesser Zyte.

— D'ailleurs, reprit-il, comme tu le disais toi-même, est-ce que nous avons besoin d'un tiers pour être heureux? Tu suffis à mon bonheur, je suffis au tien : que veux-tu de plus?

Elle reposa, câline, la tête sur l'épaule de son mari, disant :

— Je ne demande qu'une chose : que tu sois heureux!

Il l'embrassa tendrement :

— Nous le serons — à deux — sans être à tout instant troublés par une belle-mère obséquieuse dont les prévenances incessantes finissent par agacer.

— Soit ! dit-elle.

Puychabaud était tout guilleret. Il chantonnait, incapable de maîtriser son contentement.

— Mon Dieu, répétait-il, allons-nous nous amuser! N'est-ce pas, ma petite Zyte?

— Oui, mon chéri, répondit la jeune femme en se serrant de nouveau, caressante et heureuse, contre lui.

Depuis un instant un bruit assez insolite leur avait fait dresser l'oreille. Il provenait du salon. Ils crurent d'abord s'être trompés. Ils avaient pénétré dans l'appartement sans voir personne et s'étaient réfugiés dans le boudoir de Zyte comme pour être plus loin de belle-maman. Mais tout à coup un son de voix parvint clairement jusqu'à eux. Ils se regardèrent, Nestor surpris, Zyte quelque peu effrayée. Ou les domestiques faisaient ripaille avec des amis en l'absence des maîtres, ou d'audacieux voleurs dévalisaient l'immeuble. Cette dernière supposition, la plus invraisemblable, fut naturellement la première qui leur vint à l'esprit.

Puychabaud sauta sur son revolver et se précipita du côté du salon.

— N'y va pas ! n'y va pas ! cria Zyte effarée, se cramponnant à lui.

A ce moment la porte du salon s'ouvrit. Un bruit si assourdissant de voix s'en échappa que Nestor lui-même recula, intimidé, tandis que Zyte poussait des cris d'épouvante.

— Enfin, voici monsieur et madame ! cria Joséphine.

— N'y va pas ! n'y va pas ! continuait à crier Zyte.

— Joséphine, demanda Nestor sévère, que signifie ce vacarme ?

Joséphine, comme étonnée de la question, répondit :

— Mais c'est aujourd'hui jeudi !

— Sacrebleu ! le five o'clock artistique ! cria Puychabaud illuminé.

Il partit d'un éclat de rire, Zyte l'imita. Ils

se hâtèrent d'entrer au salon, où une immense acclamation les accueillit.

— Enfin les voilà !

— Ah ! les paresseux !

— C'est du joli ! nous planter là !

Puychabaud répondit que ses amis l'excuseraient lorsqu'ils connaîtraient le motif de leur absence.

— D'ailleurs, vous causiez art, ajouta-t-il, et l'art est un compagnon avec qui on ne s'ennuie jamais.

— C'est vrai ! exclama Lapouyade avec un enthousiasme sincère; c'est si vaste, l'art !

— Il plane si haut sur les sommets augustes ! ajouta Gomard, voisin du ciel.

— Au-dessus des ambitions mesquines et des questions personnelles ! conclut Gaudrot-Poulouche, la mèche inspirée.

Peu après, Puychabaud narrait gaiement à ses amis l'odyssée de son voyage en Normandie, à la suite d'un désaccord avec certaine personne dont il ne donna pas le nom, mais qu'on devina sans peine, chacun ayant remarqué l'absence inexplicable de Mme Labourdette.

— Eh quoi ! belle-maman ?...

— Supprimée, belle-maman ! répondit Puychabaud sur un ton joyeux.

On se regarda très surpris. Comment pouvait-
on se brouiller avec cet amour de petite femme,
si bonne et si sympathique, douée de tant de
qualités aimables ? Les invités furent choqués,
et comme au fond ils aimaient beaucoup en
Puychabaud, sinon l'artiste, qui était plus que
médiocre, du moins l'ami qui était le plus ser-
viable des camarades, ils furent peinés pour
le jeune ménage en rupture de belle-mère.

— Mais comment allez-vous faire sans elle ?
demanda assez sottement Caudrot-Poulouche.

— Ce que que font les gens qui n'ont pas de
belle-mère.

— En voilà un événement ! fit la belle Mme
Layrette en levant les bras au ciel.

— Brouillés avec Mme Labourdette ! — Oh !
— Vraiment. — Pas possible ! — Quel dom-
mage !

La nouvelle, on le voit, était accueillie assez
froidement. Ces dames hochèrent la tête et se
pincèrent les lèvres :

— Vous avez bien tort, ma chère !

— Elle vous manquera !

— Vous la regretterez !

— Elle était le charme de vos five o'clock.

— C'était plaisir, en entrant, de voir ce bon visage rayonner de belle humeur !

Ces remarques, tout à l'éloge de Mme Labourdette, ne ménageaient guère les susceptibilités des époux Puychabaud.

— Si c'est pour voir rayonner ma belle-mère que vous venez chez moi ! remarqua Nestor vexé.

— On n'est pas plus aimable ! ajouta Zyte sur le même ton.

Elles avaient, en effet, quelque peu manqué de mesure ; elles en furent désolées, car si Mmes Gomard, Layrette et Caudrot-Poulouche, femmes d'artistes de talent, ne pouvaient pas se sentir, elles aimaient bien Zyte dont le mari était un raté.

Mme Gomard vint embrasser la jeune femme et lui dit avec son plus aimable sourire :

— Nous nous passerons, chérie, de Mme Labourdette.

— Elle a, du reste, constata galamment Layrette, une si charmante fille !

— Charmante ! charmante ! cria-t-on en chœur.

— Son portrait... en mieux !

— Bien en mieux !

Exclamations chaleureuses et, chose rare, sincères. La maladresse était réparée, on ne pensa plus à Mme Labourdette.

Zyte prépara le thé.

— Et surtout, insinua Layrette, n'oubliez pas certains « Pleurs de la Walküre ».

— Exquis les « Pleurs de la Walküre ! »

— Exquis, exquis ! cria-t-on à la ronde.

— Il est de fait que ce nectar a bien son charme, dit Puychabaud en sonnant. Joséphine, ajouta-t-il avec toute la gravité que comportait la situation, apportez les « Pleurs de la Walküre. »

— Il n'y en a plus, monsieur ! dit la bonne.

— Ah ! fit-on, étonné.

Joséphine ajouta :

— Mme Labourdette n'a pas laissé une seule bouteille.

— Oh !

Puychabaud fronça les sourcils.

— C'était donc sa propriété ? demanda-t-il vivement.

Joséphine répondit :

— Elle ne se rappelle plus si elle a payé avec son argent ou avec le vôtre, et, dans le doute, elle a tout emporté.

On se regarda en riant.

— Cette femme est une voleuse ! fit Puychabaud avec force. Quant à vous, mesdames, et à vous, messieurs, rassurez-vous. Joséphine, courez acheter un flacon de « Pleurs de la Walküre ».

Satisfaction générale :

— Ah !

Joséphine ne bougea pas ; elle se contenta de dire :

— Impossible, monsieur : il n'y en a pas dans le commerce.

Lorsque la fatale nouvelle tomba des lèvres de Joséphine, il y eut un moment de malaise que traduisit à sa manière un léger frétillement de la mèche à Caudrot.

Puychabaud était très mortifié d'être ainsi roulé publiquement par sa belle-mère.

Plus de « Pleurs de la Walküre ! »

On ne pouvait se faire à cette idée. Aussi, pourquoi diable se brouiller avec Mme Labourdette, lorsqu'on se donne le luxe d'un five o'clock et que des amis se dérangent pour venir vous voir ? C'était tout juste poli.

Puychabaud crut lire ces sentiments égoïstes sur la mine déconfite des five-o'clockistes. Il se trompait sans doute, ou du moins la déception — si déception il y avait eu — n'avait pas été de longue durée, personne n'ayant l'idée de rendre réellement Puychabaud responsable du mauvais tour que lui jouait Mme Labourdette.

— J'espère, dit Puychabaud en souriant, que pour un misérable flacon d'alcool...

— Nous sommes au-dessus d'un flacon ! répondit Layrette en lui serrant la main.

— Nous sommes même au-dessus de plusieurs flacons ! ajouta Gomard.

La bonne rentra dans le salon le sourire aux lèvres, comme chargée d'une importante

communication à faire aux invités. Tous les
regards convergèrent vers elle. Ses mains
étaient vides, mais son regard était plein de
promesses.

— Que voulez-vous? demanda Puychabaud.

— Mme Labourdette, répondit Joséphine,
fait dire à ces messieurs qu'elle les attend chez
elle avec les « Pleurs de la Walküre ».

Nestor, tressaillant sous l'affront, montra le
poing au plafond.

Il y eut des rires bruyants auxquels finirent
par se joindre Nestor et Zyte, jugeant qu'il
serait ridicule de donner à la gaminerie de
Mme Labourdette plus d'importance que ses
amis eux-mêmes n'y en attachaient. On prit
donc gaiement son parti de l'absence des
« Pleurs de la Walküre », comme on avait
pris son parti de l'absence de belle-maman.

Le five o'clock garda donc, en apparence,
son allure fougueuse et paradoxale de tous les
jeudis. Nous disons en apparence, car au fond
il n'en était rien : un œil tant soit peu pers-
picace aurait reconnu à certains indices, qu'il
manquait quelque chose à tous ces gens-là,

Peut-être ne s'en rendirent-ils pas compte au premier abord, mais lorsque le thé et les liqueurs circulèrent à la ronde, la vérité se fit jour peu à peu ; chaque tasse absorbée eut son éloquence, et chaque petit verre apporta sa démonstration.

La conversation languit ; il y eut des silences gênants, suivis de quelques remarques aigres-douces de ces dames. Evidemment la réunion manquait d'entrain. Mais à qui la faute ? Pas aux invités sûrement ! Les coupables étaient Puychabaud, qui n'avait pas su garder pour la soif un « pleur de la Walkure », et Zyte, manifestement incapable de diriger une maison. Ah ! elle se faisait rudement sentir, l'absence de belle-maman ! Pauvre martyre ! chassée par son gendre, car elle avait dû être ignominieusement chassée... Ils la connaissaient de trop vieille date, la chère dame, pour ne pas mettre tous les torts du côté de l'ingrat Puychabaud.

Le five o'clock une fois aiguillé sur une voie aussi dangereuse était mûr pour la collision. Un craquement se fit entendre au-dessus des têtes. Etait-il causé par un pas lourd

sur le plancher ou par un meuble qu'on
dérangeait? Peu importait; le fait certain c'est
qu'il provenait de chez Mme Labourdette... et
alors, subitement, on se regarda presque consterné. Cette brave femme les avait invités à
monter chez elle et non seulement ils n'avaient
pas répondu à cet appel, mais ils n'avaient pas
même dit : Merci ! Voilà que, pour être polis
envers Puychabaud, ils étaient grossiers, que
dis-je grossiers ? goujats envers Mme Labourdette ! Parce que Puychabaud s'était brutalement mis à dos Mme Labourdette, il leur
fallait épouser ses mauvaises querelles ! C'était
absolument révoltant !

Les hommes gardaient une attitude maus-
sade, mais encore assez digne ; les femmes,
trop faibles pour se maîtriser, mais trop
habiles pour aller droit au but, usaient de
réticences perfides, d'allusions traîtresses enve-
loppées de miel. Le nom de Mme Labourdette
prononcé comme par hasard fut prétexte à
éloges outrés de belle-maman et de ses inap-
préciables qualités de maîtresse de maison.

— Voilà une femme de tête, ma chérie! fit

Mme Caudrot-Poulouche à Zyte visiblement énervée.

— Bien des gens, ma toute belle — et nous les premières — devraient se régler sur elle, ajouta Mme Gomard.

— Et comme elle m et tout le monde à l'aise ! surenchérit la belle Mme Layrette.

— C'est-à-dire, s'écria Zyte avec indignation, que je ne sais pas recevoir ?

Mme Layrette se récria, levant au ciel ses beaux yeux bleus. Ce n'était pas pour Mme Puychabaud qu'elle disait cela...

— Il n'est pas donné à tout le monde, soupira-t-elle d'avoir du tact comme votre mère.

— Ni du bon goût comme vous ! insinua Zyte en souriant haineusement.

Dix minutes après, le salon était vide... Tous les invités, se rappelant subitement ensemble qu'ils avaient beaucoup à faire, s'étaient éclipsés...

XIII

UN BONHEUR SANS MÉLANGE

On dit que l'indignation rend l'homme
poète, mais avant de le rendre poète, elle
le rend muet. Nous n'en voulons pour
exemple que celui de Puychabaud et de Zyte
au moment où la théorie altérée des internalistes et des externalistes escaladait avec un
bruit d'enfer l'étage de Mme Labourdette. Ils
restèrent pétrifiés, les yeux démesurément
ouverts, l'oreille en cornet de sourd, incapables de réunir deux pensées ou d'émettre
aucun son. Ce ne fut que lorsque la porte de
belle-maman se referma sur le dernier membre

de la théorie que l'indignation, achevant son volution naturelle, transforma le muet en poète et que Puychabaud, debout sur le seuil, es bras tendus, lança cette apostrophe ailée à la cantonade :

— Mufles !

Zyte exhala sa colère en style moins lapidaire. Elle était absolument furieuse :

— Prétendre que je ne sais pas conduire ma maison !

— C'est infect !... Sans Mme Labourdette, tu ne serais qu'une petite pensionnaire !...

Cette idée le mit hors de lui. Il courut de nouveau sur le seuil de la porte pour lancer aux renégats quelques nouvelles paroles de feu, mais il dut reculer pour faire place à Joséphine qui entrait dans le salon, une lampe à la main.

— Joséphine, lui dit-il, si ces individus — mâles ou femelles — se représentent jamais, nous résidons à Montauban, loin de la gare !

— Bien, monsieur.

— Et dispensez-vous, dorénavant, de vous charger des messages de...

Il montra le plafond du doigt.

— C'est entendu, monsieur.

Puychabaud déclara avec plus ou moins de sincérité qu'il était enchanté d'être débarrassé de ses five o'clock du jeudi. Il avait soif désormais d'intimité. Plus de five o'clock et plus de belle-mère ! Ouf ! quelle délivrance !

— Venir nous déranger quand nous étions là si tranquilles et si heureux !

— Oublions-les ! dit Zyte en s'asseyant sur le canapé à côté de son mari.

— C'est cela... Soyons tout à notre bonheur !... Ah ! quelle charmante soirée nous allons passer !

Il attirait tendrement sa femme vers lui, quand il aperçut Joséphine remuant des chaises autour du guéridon.

— Laissez-nous, Joséphine, ordonna-t-il.

— Je glisse la chaise de Mme Labourdette.

— Je vous prie, dit-il sèchement, de ne plus prononcer le nom de cette personne que je ne connais plus et avec qui je ne veux plus avoir de rapports.

— Bien, monsieur. Que faut-il faire des barriques de vin ?

— Quel vin ?

— Quelles barriques ?

— Le vin de monsieur. Elles sont restées deux jours dans la cour. Le propriétaire a fait dresser procès-verbal.

— Quel propriétaire ?

De l'index Joséphine montra le plafond.

— Eh bien ! fit Puychabaud irrité, qu'on les descende à la cave.

— C'est fait ! Seulement, Thomas demande s'il faut coller.

Grave question ! Il y eut un moment d'embarras.

— Faut-il coller, Zyte ?

— Dame, je l'ignore...

— Il demande aussi quelles sont les barriques qu'il faut mettre en bouteilles.

— Ah ! Sais-tu, Zyte ?

— Non. Et toi ?

— Moi non plus.

— J'attendais naturellement les ordres de...

Joséphine indiqua le plafond du doigt.

— Vous n'avez d'ordres à recevoir que de moi ! signifia Puychabaud courroucé.

— Monsieur me l'a déjà dit. Alors que faut-il dire à Thomas ?

Puychabaud eut un geste plein d'ampleur.

— Qu'il colle ! déclara-t-il avec l'emphase qu'il aurait mise à dire : « Que la lumière soit ! »

— Maintenant, poursuivit Joséphine, que monsieur me donne le menu.

— Encore !

— Dame, on mange tous les jours.

— C'était maman qui le rédigeait. Que désires-tu, mon ami ?

— Ne change rien à notre ordinaire.

— C'est qu'il changeait tous les jours.

— En effet... en effet...

— J'ai dressé le menu à tout hasard.

— Voyons, cela doit être gentil !

Il lut : « Poulardes en petit deuil »...

— Hum ! bredouilla-t-il, des poulardes en deuil...

— Tu les trouvais délicieuses.

— La semaine dernière. C'est comme ces cardons à la moelle...

— Je suis désolée, mon ami... Je n'ai pas encore l'habitude.

— Cela viendra !

— Je ne sais pas comment s'y prenait maman ; elle n'avait pas besoin de te consulter.

— Simple habitude, simple habitude.

— Je tâcherai de faire comme elle.

— Tu es charmante !... Mais surtout, ne parlons plus de maman !... Ton menu est exquis.

Il passa le papier à Joséphine en répétant : « Exquis ! exquis ! » Joséphine les laissa seuls.

— Tu dis cela parce que tu es gentil, gazouilla Zyte en se serrant contre son mari.

— Ange ! répondit-il en couvrant ses épaules de baisers.

— Je commence à croire que tu avais raison, reprit la jeune femme en passant ses deux bras autour du cou de Puychabaud ; reste ainsi...

— Pardon, monsieur...

Nestor et Zyte se reculèrent précipitamment l'un de l'autre.

— Quoi ? qu'y a-t-il ? que nous veut-on ?

— C'est l'huissier, répondit Joséphine.

— Quel huissier ?

— Il apporte du papier timbré de la part de...
Signe au plafond.

— Allez dire à cette dame, s'écria Puychabaud que cette mimique exaspérait, le cas
que je fais de son papier timbré.

Il arracha l'exploit des mains de Joséphine,
le réduisit en carrés minuscules qu'il tendit
à la bonne, laquelle les compta imperturba-
blement :

— Un, deux, trois... sept... quinze... Il y en
a vingt-deux... Je vais les remettre à l'huissier.

Elle se dirigea vers la sortie.

— Pourquoi manque-t-il un bouton à mon
veston ? demanda sévèrement Puychabaud.

Joséphine, qui allait sortir, s'arrêta et, désignant le plafond, elle répondit :

— C'était... qui surveillait le vestiaire.

— Elle cousait mes boutons ? demanda Puychabaud surpris.

— Non, monsieur, répondit la bonne presque méprisante, elle les faisait coudre !

Et elle sortit avec les débris de papier timbré. Zyte eut un mouvement de dépit :

— Tu dois me trouver bien novice ?

— Je te trouve charmante ! Voilà comment je te trouve !

— Tu es le meilleur des hommes.

Ils reprirent place à côté l'un de l'autre sur le canapé. Elle plongea la tête dans le floconnement soyeux de la barbe de Puychabaud, qui lui fit comme une voilette d'or.

— Ne pensons qu'à nous, à ce délicieux intérieur, dit Puychabaud en couvrant de baisers les mains de Zyte.

— A notre bonheur...

— Si complet et si profond... Je t'adore !

— Alors tu vas me jurer...

— Quoi ?

— Je n'ose. Tu me gronderas... Il s'agit de modèles.

— Encore !

— Toujours ! Pour que je revienne ainsi à la charge, il faut que ce soit très sérieux, et c'est très sérieux, je t'assure. Tout en moi se révolte à l'idée de te savoir enfermé avec une

femme plus ou moins vêtue. Ton tort est d'a-
voir cru qu'il s'agissait d'un enfantillage, d'une
fantaisie déraisonnable dont il ne fallait pas
tenir compte et qui passerait avec le temps.
Eh bien, non ! cent fois non ! Je ne pourrai
jamais me faire à cette idée. J'aimerais mieux...

— Divorcer ?

— Ne ris pas ! Le divorce, tout, plutôt que
de tolérer un acte qui blesse ma pudeur et in-
digne mon amour ! J'ai pardonné une fois, je
ne pardonnerais pas une seconde... Voilà pourquoi je veux que tu me jures...

Puychabaud étendit la main et, comme un
livre se trouvait sur la table, il étendit ins-
tinctivement la main sur ce livre (c'était un
roman, *le Vieux Marcheur*) et gravement :

— Je le jure !

— Non ! non ! pas ainsi ! protesta Zyte ; ta
main dans ma main et tes yeux dans mes
yeux.

Nestor hésita un instant. En tenant dans
ses mains ces deux adorables petites mains
dont la chair potelée gardait encore la fossette
de ses baisers ; en fouillant dans ces deux

yeux si profonds où il avait découvert tant de
coins charmants et où tant de fois il s'était
égaré, il lui sembla que l'engagement qu'il
allait prendre était cent fois plus solennel que
le serment fait jadis devant notaire, et qu'il
ne pourrait le violer sans commettre une mauvaise action et tuer son bonheur. Il hésita
donc, mais quelques secondes à peine : Zyte
était si séduisante en ce moment, avec son
peignoir presque entr'ouvert, sa bouche amou-
reuse de caresse, qu'il planta ses lèvres sur
ses lèvres et, dans un long baiser, jura tout ce
qu'elle voulut.

Une heure après, nous les retrouvons dans
le même salon, assis en face l'un de l'autre,
ensevelis chacun dans un fauteuil.

— Ne trouves-tu pas, Zyte, qu'il règne ici
un calme qui délasse, qui repose délicieusement ?

— Si, mon ami.

— Tous les soirs, à la même heure, c'était
ici d'une gaieté si déplacée...

— Tandis que ce soir c'est d'un calme si
comme il faut...

— On respire ! Ta mère était d'une gaieté qui s'imposait à toute force. Elle s'ingéniait à nous trouver des distractions malgré nous, animant tout exprès de sa belle humeur, nous secouant de son rire... Enfin, c'était choquant !

— Tandis que maintenant...

— On vit ! Cela dit tout : on vit ! Sommes-nous heureux, hein ?

— En tête-à-tête...

— Seule à seul... Le sommes-nous ! le sommes-nous !

Il se leva brusquement :

— Qu'allons-nous faire pour nous amuser ?

— Tu ne t'amuses donc pas ?

— Si... énormément !

Il sonna.

— Ne trouves-tu pas qu'il fait froid ici ?

— Il gèle !... Nous sommes en juin, cependant, mais positivement il gèle !

— Je ne sais pas à quoi pense la bonne.

Il voulut boutonner son veston pour ralentir le rayonnement intense qui s'exerçait à son détriment par l'entrebâillement du costume.

— Sacrebleu! grogna-t-il, j'oubliais que le bouton est parti! — Mademoiselle Joséphine, pourquoi n'avez-vous pas fait de feu plus tôt?

Joséphine approcha une allumette du combustible entassé dans la cheminée, en disant:

— J'attendais des ordres. Mme Labourdette... pardon, reprit-elle, la personne du plafond m'avertissait quand il fallait allumer.

— C'est bien, allez! dit Puychabaud avec une pointe d'irritation.

Le feu flambant dans l'âtre, Joséphine sortit du salon en haussant les épaules.

— Tu comprends, fit remarquer Puychabaud d'une voix très douce, elle avertissait.

— Tu diras bientôt comme ces dames! fit-elle, fâchée.

— Non, ma chérie, jamais! Mais enfin, elle avertissait. — Voyons, faisons risette!... Nous sommes ici pour nous amuser, n'est-ce pas? Eh bien! amusons-nous, mon ange!

— Alors, dit-elle, tu ne m'en veux pas de mon inexpérience?

— T'en vouloir! s'écria Puychabaud indi-

gné, t'en vouloir! Cela te donne, au contraire,
un charme de plus... Bonjour, Bébé!

Ils se mirent à rire. Nestor, se carrant dans
un fauteuil, poussa un long soupir de satisfaction et dit avec une joie qu'il essaya de
rendre communicative :

— Il règne ici une paix...

— Une sérénité... accentua Zyte, assise en
face.

— Un silence...

— Le voilà, le foyer heureux! ponctua Puychabaud avec un accent de lyrisme. C'est-à-
dire que je n'aurais jamais cru qu'il fût possible de l'être à ce point! — Veux-tu que je
te dise? Mon bonheur m'épouvante!

Il réprima un bâillement.

— Tu bâilles?

— C'est de bonheur.

Tout à coup, prêtant l'oreille du côté de
l'antichambre, il bondit vers la porte en disant :

— C'est elle!

— Enfin! cria Zyte à son tour.

Ils se retrouvèrent tous les deux sur le

seuil de la porte et se regardèrent interdits.

— Qui, elle? demanda Zyte.

— Qui?... balbutia Puychabaud.

Puis avec aplomb :

— Joséphine, la bonne. Je craignais qu'elle ne vînt troubler notre bonheur.

Il était très vexé, lui aussi. Ils s'assirent, lui près du feu, elle près de la fenêtre. Il y eut un silence de quelques instants.

— A quoi penses-tu, Nestor?

— A la félicité sans mélange dont nous jouissons en ce moment... Ah! continua-t-il en tisonnant le feu, le coin du foyer — seul à seule, — c'est charmant!

Il se leva en disant :

— Si nous allions nous promener?

— Il pleut!

— C'est donc cela que l'atmosphère est si lourde !

— On dirait qu'on a sur la tête une calotte de plomb.

A son tour elle mit la main sur sa bouche pour dissimuler un bâillement.

— Toi aussi?

— C'est de bonheur, mon ami. Qu'as-tu tu ne peux tenir en place.

— Je ne sais... Il me manque quelque chose.

— A moi aussi.

— J'y suis! s'écria Puichabaud en se frappant le front; nous avions l'habitude de faire tous les soirs une partie de cartes.

Il sonna.

— En effet, tout s'explique.

— Le jeu de cartes donc, Joséphine! grommela Nestor avec impatience.

— Bien, monsieur.

Tout en cherchant elle annonça que M. Salomon était là pour les Saragosse.

— Qu'est-ce que c'est que ça, M. Salomon?

— Qu'est-ce que c'est que ça les Saragosse?

Les Saragosse éveillèrent en l'esprit de Puichabaud un souvenir lointain d'Espagnols logeant au rez-de-chaussée d'il ne savait quel immeuble. Ses souvenirs se précisant, les Espagnols se transformèrent en chemins de fer et l'immeuble en journal. Cette constatation l'exaspéra, — il ne pouvait pas sentir les Saragosse. Au lieu des Saragosse, il se serait agi des Badajoz, des Tras-los-Montes ou de toute autre appellation ibérique qu'à la rigueur il aurait fait bonne contenance, mais les Saragosse!... Non, décidément, il ne digérerait jamais les Saragosse !

Quant à Salomon, c'était pour lui de l'hébreu.

Aussi renonça-t-il à débrouiller le mystère. Il se contenta de dire avec impatience :

— Adressez-vous à madame !

Madame répondit avec non moins d'impatience :

— Adressez-vous à monsieur !

XIV

L'AGENT DE POLICE

— Vous avez vu le salon, dit une voix dans l'antichambre, voici l'autre pièce.

Puychabaud et Zyte, à ce son de voix, avaient tressailli. Ils reculèrent abasourdis à la vue de Mme Labourdette, calme et digne, introduisant dans l'atelier une famille composée de cinq personnes.

— Comment! elle ose...

Il n'acheva pas; la famille saluait, manifestant par son attitude tous les regrets de son intrusion.

— Ne faites pas attention, fit légèrement

Mme Labourdette aux visiteurs, ce n'est qu'un locataire que j'expulse.

Puychabaud aurait probablement éclaté si Zyte ne l'eût saisi vivement par la main : il se tut.

— Ceci est un atelier, continua Mme Labourdette avec le même calme imperturbable. Je vous demande pardon de vous introduire dans un endroit si peu conforme aux bienséances, mais monsieur va le démolir à ses frais.

— Maman, je t'en prie...

— Passons dans la salle à manger, poursuivit Mme Labourdette en se dirigeant vers la droite.

Au lieu de s'emporter, Puychabaud s'inclina devant la famille, désigna poliment du geste l'entrée de la salle à manger, et, avec un sourire des plus aimables, il dit :

— Entrez, mesdames, entrez, messieurs... je vous recommande les murs : ils sont couverts d'une douce humidité.

— Ah! fit la famille interloquée.

— Vous osez prétendre!... s'écria Mme Labourdette.

Puychabaud poursuivit, impassible.

— Tous les locataires ont attrapé des rhumatismes, mais peut-être qu'en faisant énormément de feu...

— Ah ! fit la famille ahurie.

Mme Labourdette poussa un cri de réprobation :

— C'est faux !... n'écoutez pas ce calomniateur !

— Alors, vous comprenez, continua le peintre, comme je tiens à ma peau, moi, je file... Sans compter qu'elle est bien mal habitée, cette maison.

— Oh ! fit la famille au comble de la surprise, en gagnant la porte.

Mme Labourdette jeta feux et flammes. Elle appela Puychabaud, diffamateur et courut après la famille en disant :

— Je vous assure, mesdames, je vous jure, messieurs, que les personnes qui logent ici...

— Meurent comme des mouches ! Parfaitement ! conclut Puychabaud, et si vous tenez à la vie...

La famille paraissait y tenir, car on l'entendit bientôt dévaler l'escalier quatre à quatre. Puychabaud eut un moment de franche gaieté.

— C'est une infamie! criait pendant ce temps Mme Labourdette en proie à la plus vive exaspération. Je vais porter plainte! Vous entendez, une infamie!

Elle disparut en criant :

— Vous allez apprendre de mes nouvelles!

— Ah! tu veux la guerre!... ricanait Nestor arpentant l'atelier de long en large.

— En vérité, dit Zyte sur un ton aigre, tu es trop dur pour maman!

— Il ne te manquerait plus que de prendre sa défense! s'écria Puychabaud en fronçant les sourcils.

— Non, mais...

Joséphine vint annoncer qu'un monsieur attendait monsieur et madame au salon.

— Quel monsieur? et d'abord de quel droit introduisez-vous les gens dans mon salon sans me prévenir?

— Eh! monsieur, ne vous fâchez pas! Voici la carte de cette personne. Si monsieur ne

veut pas le recevoir, j'irai lui dire que vous
êtes sorti, voilà tout.

La carte portait un nom inconnu : Emile
Pival.

— Je vais le rejoindre.

Dans le salon il trouva un monsieur d'un
certain âge, sévèrement vêtu, boutonné jusqu'au menton, décoré, l'œil perçant et scruta-
teur. Le monsieur enveloppa d'un long regard
M. et Mme Puychabaud.

— Que voulez-vous, monsieur ? demanda
Puychabaud en lui désignant un siège de la
main.

Le monsieur, l'œil fixé sur eux, laissa Zyte
et Nestor s'asseoir et s'assit à son tour, en
jetant autour de lui des regards inquisi-
teurs.

— C'est bien, commença-t-il, à monsieur et
madame Puychabaud que j'ai l'honneur de
parler ?

— Oui, monsieur, mais faites vite !

Au lieu de répondre, M. Émile Pival continuait à jeter des regards soupçonneux autour
de lui.

— Eh ! pourquoi tout ce mystère? demanda le peintre impatienté.

— Monsieur, répondit l'étranger en baissant la voix, j'appartiens à la police.

— Ah ! firent Zyte et son mari, reculant leurs chaises.

— Tout à l'heure vous aviez chez vous une réunion bien bruyante.

— Des artistes.

— Oui, ricana M. Pival sévère, des artistes en l'art de saper les bases de la société.

Puychabaud ne put s'empêcher de rire. Plus il regardait cette tête, plus il lui semblait l'avoir vue quelque part. Mais il n'alla pas jusqu'à se demander si ce n'était pas sur les épaules de M. Alexandre Lapouyade, peintre externaliste. C'était pourtant la vérité. M. Pival n'était autre que M. Lapouyade et la scène qu'il jouait en ce moment avec un art consommé (il était admirablement grimé) s'appelle une « scie d'atelier ».

— Mais attendez donc, disait Puychabaud en l'examinant de plus près ; plus je vous regarde, plus il me semble...

— Que vous me connaissez ? répondit M. Pival avec aplomb. C'est possible, car...

Il ajouta, baissant encore la voix :

— Voilà plusieurs mois que je vous file !

— Me filer !

Zyte et Puychabaud se regardèrent avec stupéfaction.

— Filer mon mari ! répéta la jeune femme avec un serrement de cœur. Et pourquoi, grand Dieu ?

— Il est suspect à la police.

— Moi ? fit Nestor pâlissant.

— Ne faites pas l'étonné ! répondit rudement le policier. Vous organisez tous les jeudis des réunions louches avec des gens de mauvaise mine, des têtes de conspirateurs.

Nestor poussa un soupir de soulagement : cet agent n'était qu'un imbécile.

— La méprise est bonne ! dit Zyte en partant d'un éclat de rire.

Puychabaud s'esclaffait. Il raconta à M. Pival, entre deux hoquets de rire, que les personnes qu'il prenait pour des malfaiteurs étaient des gens très connus, tous chefs d'école.

— Chefs de bande, vous voulez dire ! riposta l'agent en fronçant les sourcils. Inutile de rire pour dépister la police. Ça ne prend plus !

Décidément, ce fonctionnaire était idiot. Nestor essaya de lui faire comprendre ce qu'il y avait de saugrenu dans cette persistance à appeler chef de bande Caudrot-Poulouche, par exemple, que tout le monde savait être à la tête des internalistes.

— Internationalistes, je le savais ! rectifia sévèrement le policier.

— Mais non, internal !

— Ne vous moquez pas de la police ! Internal n'a pas de sens ; on dit international. Je sais le français, peut-être ! Et la preuve qu'il s'agit d'une conspiration politique, c'est qu'en passant tout à l'heure sous vos fenêtres un gardien de la paix a entendu des mots significatifs : « faire table rase des idées reçues », « révolutionner le monde ».

— Dans le domaine de l'Art !

— Ne vous moquez pas de la police ! Ce que je dis est si vrai que le même gardien s'étant enquis de l'identité de ces gens-là, la proprié-

taire de la maison lui a dit : « Je crois que ce
sont des anarchistes ! »

— Anarchistes !

Zyte et Nestor échangèrent un regard. Encore une vengeance de belle-maman !

— Ah ! elle a dit anarchistes ? remarqua
Puychabaud qui, tout à coup, comme poussé
malgré lui dans la voie des aveux, mit la main
sur le bras de M. Pival et lui dit à voix basse :
Eh bien ! elle a dit vrai !

— Comment, Nestor !... fit Zyte stupéfaite.

— Laissez-le parler ! interrompit vivement
le policier. Il sauve sa tête ! Après ?

— Ils se faisaient passer pour artistes, mais
ayant reconnu mon erreur, je les ai flanqués
à la porte ; alors ils sont montés chez
Mme Labourdette, où ils conspirent en ce moment.

— Oh ! mon ami !...

Nestor avait craint un instant de voir mal
accueillir une bourde de cette envergure, mais
l'épique agent l'accepta sans broncher.

— Qu'est-ce que c'est que cette Mme Labourdette ?

— Une personne équivoque, compromise dans la Commune... Empoignez-la, monsieur, et vous sauverez la société !

— Oh ! oh ! glapit M. Pilval.

Zyte était effarée.

— Y penses-tu, malheureux ?... fit-elle suppliante.

— Mon pays avant tout ! interrompit dignement Nestor. — Monsieur l'agent, cette femme dangereuse est enfermée avec sa bande, ici, au-dessus, porte à droite. Coffrez tous ces brigands !

— Je vole chercher du renfort !

Il écrivit à la hâte un mot sur un calepin et sortit en disant que la justice tiendrait compte à Puychabaud de sa patriotique dénonciation.

XV

LA GUERRE AU COUTEAU

La sortie du pseudo-agent de police laissa
derrière elle comme une traînée de poudre et
de quoi l'allumer.

— Appeler maman une personne équivoque ! se fâcha Zyte, pourquoi pas une pétro-
leuse ?

— Es-tu bien sûre qu'elle n'en soit pas
une ?

Il était sincère. Il aurait appris qu'elle faisait, le soir même, une conférence révolution-
naire, à la Maison du Peuple, aux membres de
la Société des « sans Dieu » dont elle était la

présidente, qu'il eût dit simplement : « Cela
devait être ! »

Ces balivernes faisaient hausser les épaules
à Zyte :

— Vous êtes fou ! Et ce monsieur, que
dira-t-il en voyant que vous vous êtes moqué
de lui ?

Puychabaud n'eut pas le temps de répondre.
Joséphine parlementait dans l'antichambre
avec une personne dont l'organe lui rappelait
celui de Layrette. Mais il s'aperçut bien vite
qu'il faisait erreur. Ce n'était pas Layrette.
Layrette était d'un brun abyssin ; l'étranger,
d'un blond fade de filasse poméranienne. Layrette avait un œil vif, que jamais binocle ne
déshonora ; l'étranger portait des lunettes fu-
mées qui mettaient un emplâtre rond sur
chaque œil. Enfin, Layrette, sobre de parfums,
se contentait d'aromatiser son mouchoir de
quelques gouttes classiques d'eau de Cologne ;
l'étranger répandait une forte odeur de boule
de naphtaline, comme s'il venait d'être retiré
d'un placard où il aurait passé l'été à l'abri des
mites. D'ailleurs il s'appelait Biollet et il

était marchand de meubles rue Lafayette.

— Veuillez m'excuser, dit-il très poliment
avec un léger accent picard (Layrette était de
Toulouse), et surtout ne vous dérangez pas, je
vous en prie. — Adolphe! appela-t-il, Benoît!

Deux employés émergèrent de l'ombre.

— Patron ?

— Ce canapé d'abord...

Avant que M. et Mme Puychabaud eussent
compris l'ordre donné par le « chef des odeurs
suaves », les deux esclaves saisissaient le
canapé par les extrémités.

— Une, deux... Ouste !

Ils l'enlevèrent comme une plume. L'homme
à la naphtaline ouvrit les deux battants de la
porte donnant sur l'antichambre. Le canapé
se trouva bientôt sur le palier, où on l'entendit
ballotter dans la cage de l'escalier, faisant des
marques au mur. On le montait à l'étage supérieur.

— Comment ! ils emportent nos meubles !
s'écria Zyte au comble de l'effarement.

— Quelle est cette mauvaise plaisanterie ?
cria Puychabaud.

— Je vous en conjure, répondit le marchand de meubles, faites comme si je n'étais pas là... Je serais désolé d'être importun.

Puis s'adressant à ses subalternes qui rentraient en s'essuyant le front :

— Maintenant, le piano... Enlevez !

— Ouste !

Et le piano, soulevé par quatre mains sûres, prit le chemin de l'escalier comme avait fait le canapé. Puychabaud sauta sur M. Biollet :

— Ah çà ! vous croyez que je vais vous laisser dévaliser mon appartement ? Vous êtes des voleurs !

— Je vous ai dit qui j'étais, monsieur ! répondit M. Biollet blessé, élevant la voix. Ce mobilier ne vous appartient pas !

— Comment, il ne m'appartient pas !

— Ah ! c'est trop fort ! exclama Zyte, et à qui appartient-il ?

— A Mme Labourdette.

— Misère et massacre ! encore un tour de cette gueuse !

— Ouste ! disait pendant ce temps un des employés en enlevant la pendule.

— Ouste! disait l'autre en emportant un gigantesque lampadaire.

M. Biollet continua froidement :

— J'ai vendu autrefois ces meubles à Mme Labourdette. Voici les reçus qui en font foi. Cette dame m'a chargé de faire remonter son mobilier chez elle... J'obéis. Enlevez!

— Ouste!

Et la garniture de cheminée prit le chemin du second étage.

— Monsieur, cria Puychabaud hors de lui, vous violez mon domicile; je suis en état de légitime défense...

— Des menaces...

— Ouste!

— Nierez-vous que ces meubles appartiennent à Mme Labourdette?

— Qu'ils soient miens ou non, personne n'a le droit d'agir comme vous le faites. Je vous somme de réintégrer mon mobilier!

— Où est le lit, patron? demanda un des employés.

Ce timbre de voix fit tressaillir Nestor et sa femme. Il ne manquait à cette voix qu'une

mèche pour être Caudrot-Poulouche. Ils se
retournèrent précipitamment, mais n'aper-
çurent derrière eux qu'un pâle voyou, la casquette sur l'oreille, la joue droite gonflée de
chique, le regard abruti.

— Le lit ? s'écria Zyte en levant les bras au
ciel, ils veulent enlever notre lit ?

M. Biollet s'inclina très bas :

— Si vous vouliez avoir l'obligeance de me
dire où se trouve votre chambre à coucher ?

Pour toute réponse, Puychabaud poussa un
air de démoniaque et s'élança sur un revolver
qui traînait sur le guéridon :

— Je vais vous brûler la cervelle !

— Hein ! s'écrièrent les trois hommes effrayés.

— Nestor ! supplia Zyte en se cramponnant
au bras de son mari.

— Vous allez remettre ce salon en l'état où
vous l'avez trouvé !

— Impossible, monsieur bégaya M. Biollet
mal à l'aise. Le canapé et le piano sont chez
Mme Labourdette... Écoutez !

En effet, à travers le plafond, on entendait,

sur le pleyel confisqué, une marche triom-
phale exécutée avec un feu, une fougue, une
maëstria extraordinaires. C'était Mme Labourdette qui narguait son gendre en musique.
Elle lui jetait du Wagner à la tête comme on
jetterait des pommes cuites. Elle le criblait
d'arpèges, le lardait de bémols, l'inondait de
dièses. Il pleuvait des rondes, il neigeait des
blanches, il grêlait des noires; c'était un dé-
luge de strettes, des staccatos, de croches à
multiples arêtes. Pour faire sortir de cet instrument tant de choses bruyantes, il fallait,
sans nul doute, que la dame jouât non seulement avec les mains, mais encore avec les
pieds, les genoux, les coudes, toutes les sail-
lies, enfin, de sa rageuse personne.

Celui qui a dit que la musique adoucit les
mœurs n'avait jamais entendu jouer Mme Labourdette; car s'il avait vu l'état d'exaspération dans lequel les gammes de belle-maman
jetaient Puychabaud, il n'eût jamais émis
l'aphorisme qui est devenu si célèbre, — ou
du moins il eût fait une classe à part de la
musique des belles-mères et de l'influence

spéciale qu'elle exerce sur les gendres. Cette
influence allait même se manifester par quelque acte de violence à l'égard du marchand
de meubles et de ses mercenaires, lorsqu'ils
jugèrent prudent d'opérer une brusque retraite.

— Mais enfin, s'écria le malheureux Nestor,
de nouveau seul avec sa femme, ces meubles?... à qui sont-ils, ces meubles? Depuis
cinq ans que nous sommes mariés, nous
n'avons pas de meubles à nous?

— Je ne sais pas?

— Encore! toujours! « Je ne sais pas! »
Mais alors, madame, que vous a appris votre
mère?

— On nous écoute, taisez-vous! fit Zyte
courroucée en montrant Joséphine.

En même temps Nestor entendit rire dans
l'escalier, et ce rire — il ne pouvait s'y trom-
per — provenait de la gorge de Gomard. Il
avait cru reconnaître Layrette, puis Caudrot-
Poulouche, maintenant Gomard. La vérité,
comme un éclair, l'illumina. Il comprit tout :
il venait d'être victime d'une gigantesque
« scie d'atelier » !

Il n'hésita pas. Il courut vers le palier et, avançant la tête dans la cage de l'escalier, il cria :

— Hé ! monsieur Biollet ! monsieur Biollet !

M. Biollet s'arrêta brusquement. D'abord inquiet, il consulta du regard ses deux compagnons, se pencha sur la rampe, et, voyant Puychabaud gravir très calme les premières marches, il se rassura et se porta poliment à sa rencontre, heureux de pousser la mystification jusqu'à ses dernières limites.

Avec mystère, Nestor l'entraîna dans un coin de l'escalier, et là, tout bas afin de ne pas être entendu par les deux ouvriers, il lui dit :

— J'aurais besoin de vos services. Je viens de louer une garçonnière que je désire meubler luxueusement, en style moderne, bien entendu, quelque chose de tendre, de gai à l'œil, — de très artistique enfin, car il s'agit (il baissa encore plus la voix) d'y recevoir une jolie femme...

— Ah ! ah !... Brune ou blonde ? L'ameublement, vous le savez, varie selon le teint de la personne, la couleur de ses yeux et de ses cheveux.

— Blonde... adorablement blonde... et un galbe?... Chut! plus bas! le mari pourrait nous entendre.

— Le mari?

— Plus bas donc! Il est là-haut, chez Mme Labourdette. C'est un de mes amis, naturellement (une maîtresse est toujours la femme d'un ami, c'est connu)... Je viendrai vous voir demain... Je tiens surtout aux rideaux de lit; les rideaux — écrin de ce joyau d'amour — doivent cadrer avec ses yeux de lapis-lazuli, car elle a des yeux d'un bleu!...

— Ah! fit M. Biollet, dont l'accent, picard jusque-là, devint subitement toulousain.

— A demain!

Et Nestor redescendit au premier et rentra chez lui, laissant le marchand de meubles transformé en statue.

— Que disais-tu à cet homme? demanda Zyte.

Nestor n'eut pas le temps de répondre. Joséphine venait d'entrer au salon. On la vit reni-

fler la naphtaline, regarder autour d'elle avec
de grands yeux et rester les bras en l'air, d'a-
bord muette de surprise :

— Ah! par exemple... la pendule... le lampadaire... Oh! le piano!... Oh! le canapé!

— Aurez-vous bientôt fini vos gloussements?
cria Puychabaud à bout de patience.

— Dame, c'est que... Voilà qui est drôle!

— Laissez-nous!

— C'est que je cherchais... Impossible de
mettre la main dessus!

— Sur quoi?

— Vous m'avez demandé les cartes.

— Il y a une heure! Je constate qu'il y a
une heure.

— Ce n'est pas ma faute, elles ne sont plus
à leur place.

— Pourquoi ne sont-elles plus à leur place?

— Je n'en sais rien. Ces dames ont dû les
ranger.

— Voyons, Zyte, ces cartes? interrogea Puychabaud impatienté.

— Est-ce que je sais où elles sont? répliqua
la jeune femme sur le même ton.

— C'est pourtant votre affaire !... Tout va de guinguois ici !

— Oh ! oui, tout va de guingois ! opina Joséphine.

— On ne vous demande pas votre opinion !

— Tenez, les voilà vos cartes, dans une boîte à couleurs de monsieur... En voilà une place pour des cartes !

— Faites-nous grâce de vos réflexions ! Déposez-les sur le guéridon et retirez-vous.

Joséphine sortit. Puychabaud s'assit à la table de jeu.

— Elle est agaçante, cette fille !... J'ai les nerfs dans un état... Oh !

— Et les miens... Oh !

Ils étaient en face l'un de l'autre. Zyte mêlait nerveusement les cartes. Puychabaud tambourinait le guéridon avec les doigts. L'oxygène électrisé — vulgairement appelé ozone — qui remplissait le salon annonçait de graves perturbations atmosphériques.

— Au whist ? demanda Zyte.

— Pour jouer avec deux morts ? Merci ! Ils sont gais, les morts !

— Au mariage ?

— C'est gai aussi, le mariage !

— Vous l'aimiez lorsque maman était là ! riposta aigrement Zyte en jetant les cartes qui s'envolèrent dans toutes les directions comme des oiseaux effarouchés et s'aplatirent sur le tapis.

— C'était la pointe de vinaigre qui relevait le pot-au-feu conjugal.

— Vous êtes poli avec votre pot-au-feu !

— Il est des pot-au-feu savoureux, qui ont le fumet de la bisque. Il en est aussi d'insipides.

— Le mien, n'est-ce pas ?

— La bienséance me ferme la bouche.

— Vous êtes un impertinent !

La mesure était comble. Puychabaud éclata :

— Mais aussi, ce n'est pas vivre que vivre ainsi !

— Ah ! non, ce n'est pas vivre !

— A qui la faute ? Votre maison n'est pas tenue. Elle est vide, morne, lugubre... Il y a un trou béant — où notre bonheur s'est englouti.

— C'est vous qui l'avez creusé, ce trou, pour y précipiter ma mère !

— Je proteste ! Dans tous les cas, elle est dans le trou, qu'elle y reste !

Il prit son chapeau.

— Je vais au cercle.

— Ah ! vous allez au cercle !

— Que voulez-vous que je fasse ici ? J'ai besoin d'un intérieur, je ne le trouve point, — je le trouverai au cercle !... C'est bien tenu, les cercles ! continua-t-il fiévreusement en mettant son pardessus ; on y fait tout ce qu'on veut : on y joue, on y perd, on y mange.

Pendant ce temps, Zyte prenait son chapeau qu'elle campait de travers sur sa tête.

— Ah ! vous sortez ? Eh bien ! moi aussi je sors !

— A votre aise !

— Si vous croyez que je m'amuse plus que vous !

— Adieu, madame !

— Adieu, monsieur !

Sur le seuil, ils rencontrèrent Joséphine qui leur demanda :

— Et M. Salomon, que faut-il lui dire ?

— Qu'il aille à Saragosse ! cria Puychabaud exaspéré.

— Ah ! mais, j'en assez ! éclata Joséphine à son tour. Personne ne sait rien ici. Ils sont dix à attendre des ordres dans l'antichambre. C'est à devenir fou !

— Vous savez, si vous n'êtes pas contente...

— Ah ! non, je ne suis pas contente ! — Voici mon tablier : cherchez une autre bonne !

Comme Pradilleau rentrait en ce moment, Joséphine lui cria sur un ton de pitié profonde, panachée de mépris :

— Mais dites-lui donc de reprendre sa belle-mère !

Et elle sortit faisant claquer les portes, avec des gestes de poissarde :

— En voilà une baraque !

XVI

LES EMBARRAS DE GOURLET

— Ma foi, mon cher Nestor, dit Pradilleau
entraînant le patron dans l'atelier, si tu veux
m'en croire...

— Comment, toi aussi ! dit le peintre jetant
à la volée canne, chapeau et pardessus. Reprendre cette horrible femme quand je vou-
drais l'attirer au coin d'une borne pour l'é-
trangler !

— Allons donc ! tu grilles de faire la paix
avec elle !

— Moi ! cria Nestor outré.

— Tu viens d'essayer de vivre sans belle-
maman : tu as échoué.

— Où vois-tu cela ?

— Dans le gâchis qui nous entoure. — Tes
bonnes elles-mêmes aiment mieux s'en aller.
—Voyons, sois bon joueur : tu as perdu, paye!

— Me remettre sous le joug de ce tyran?
tonna Nestor.

— Le pli est pris ; c'est plus qu'un besoin
pour toi, c'est une nécessité !

—Dis tout de suite que je suis gâteux !

— Non, mais tu n'as plus l'élasticité nécessaire. Les ressorts sont usés. Crois-moi, reprends ta belle-mère !

— Je la lègue à Gourlet !

— Ne dis pas cela! Gourlet est ton ami. Il
sait trop à quel degré d'affaissement tu es
tombé pour te disputer cette femme : ce serait
t'arracher le pain de la bouche. Étant vierge
de toute servitude, il n'a pas comme toi besoin
de Mme Labourdette.

Cette argumentation aussi brutale que maladroite acheva de jeter Puychabaud hors des
gonds.

— Assez ! assez ! assez ! cria-t-il, tu me dégoûtes !

Il reprit son chapeau et son pardessus en disant :

— Je m'en vais !

— Où ?

— Si je le savais, il y a longtemps que j'y serais !

Pradilleau proposa un dérivatif : le travail. Il fit remarquer que lorsque le sang afflue au cerveau, il suffit d'un pédiluve pour le chasser vers les extrémités. — Eh bien ! le travail est le pédiluve de la colère. Et comme conclusion de ce raisonnement biscornu, Pradilleau ajouta :

— Je vais te préparer une nature morte.

La nature morte fit bondir Nestor.

— Supprimées, les natures mortes ! cria-t-il avec fureur. Il n'en faut plus de natures mortes ! Désormais rien que de la chair, de la chair exubérante de vie et insolente de pléthore ! Je télégraphie à Mouchette de venir poser.

— Nestor, tu ne feras pas cela ! Ce serait

vouloir creuser encore l'abîme qui vous sépare, toi, ta femme...

— Biffée de ma vie, ma femme !

— ... et ta belle-mère.

— Biffée aussi, ma belle-mère !

— Nous sommes tous biffés, je le sais, — au point que lorsque j'entre dans la maison il me semble pénétrer dans le royaume des ombres, que Joséphine a un faux air de Caron habillé en femme, et si je ne lui tends pas une obole, c'est que l'obole est plus rare aujourd'hui qu'aux temps mythologiques.

— Je suis peu d'humeur à plaisanter !

— Eh ! saprédié ! si quelqu'un a le droit de se plaindre, c'est moi !

— C'est trop fort !

— Le jour où j'ôtais mon paletot sur le pont de la Concorde, tu m'as dit : « Viens chez moi : je t'offre une table abondante et un intérieur agréable. » Je t'ai cru et j'ai remis mon paletot.

— T'ai-je trompé ?

— En général, non. Je ne parle pas de ces petites querelles périodiques dont le contre-

coup se répercutait jusqu'à la table. Il suf-
fisait à belle-maman de se montrer : tout rentrait dans l'ordre. Ces légères averses rom-
paient même l'uniformité d'un ciel dont l'azur
monotone eût fini par lasser. Mais aujourd'hui
que belle-maman a disparu, les écluses du
ciel se sont ouvertes; le toit s'est effondré et
il pleut dans les chambres. Inondation pour
inondation, j'aimais encore mieux la Seine.
Au moins j'en aurais fini d'un seul coup, au
lieu de me noyer à petit feu.

— Je n'aime pas qu'on me blague!

— Ni moi non plus! C'est que j'ai des intérêts dans cette maison, moi! Depuis que
j'étais ici, j'avais pris l'habitude de manger
aux heures légales. Mon estomac s'était em-
bourgeoisé; il trouvait même un certain
charme à cette régularité dans l'exercice de
ses fonctions... Eh bien! depuis que belle-
maman n'est plus là, on ne dîne plus, ou
si l'on dîne on dîne mal.

En ce moment Gourlet fit irruption dans
l'atelier.

— Eh bien! questionna-t-il joyeusement,

finie, la petite bouderie de l'autre jour?

Pour comprendre cette question intempes-
tive, il faut savoir que le jeune homme avait
quitté Paris le jour même où éclatait le fameux schisme qui coupa brutalement en
deux le ménage Puychabaud-Labourdette. Il
s'était rendu dans sa famille, à Mézières, pour
y régler certaines affaires relatives à son prochain mariage. Il pensait qu'à son retour
l'ordre régnerait de nouveau dans la petite
Varsovie de l'avenue de Villiers. Voilà pourquoi, sur le seuil, le naïf garçon, sans penser
à mal, demanda gaiement, cherchant des
yeux Jocelyne :

— Finie, la petite bouderie de l'autre jour?

— Finie! fit Pradilleau dont la taroupe
s'infléchit en un farouche accent circonflexe.

— Finie! fit à son tour Nestor sur un ton
où se mêlaient à égales doses l'ironie san-
glante et la sourde fureur ; tu veux dire : Ça
commence!

Et, comme pour appuyer son affirmation
d'un exemple probant, une voix nasillarde se
fit entendre dans la salle voisine :

— Vous dites, madame, trois cloisons?...

— Mettez-en trois et demie, répondit une voix bien connue. Il vaut mieux, n'est-ce pas? être au-dessus qu'au dessous de la vérité, monsieur l'expert?

— Parfaitement juste !

Bon ! l'expert maintenant ! Gourlet et Pradilleau échangèrent un regard inquiet.

— Elle vient me provoquer ! constata Puychabaud en proie à une vive surexcitation qui, depuis les grands événements, ne le quittait plus. Vous êtes témoins... Un malheur va arriver, poursuivit-il, un grand malheur...

Il ajouta, féroce :

— Un grand bonheur aussi !...

Il repoussa ses deux amis, ouvrit violemment la porte du salon et, montrant la sortie à l'expert étonné :

— Retirez-vous, monsieur !... ordonna-t-il Quant à vous, madame...

Ainsi apostrophée par son gendre, Mme Labourdette courut se planter sous son nez, qu'elle égratigna presque.

— Osez donc me frapper ! menaça-t-elle les

14

narines frémissantes, le corps porté en avant, comme un coq en attitude de combat.

Et, l'excitant du geste, elle cria furibonde :

— Mais osez-le donc, flibustier !

Puychabaud écumait.

— Oh ! si je ne me retenais...

Un cri d'horreur, qui dut être entendu de la rue, s'échappa du gosier de Mme Labourdette.

— Frapper une femme ! il a frappé une femme !

Elle était comme assommée, — comme si le poing de l'horrible gendre l'avait jetée à terre, sans souffle.

Or Puychabaud ne l'avait pas touchée.

— Monsieur l'expert, essaya-t-elle d'articuler la gorge serrée, vous êtes témoin de la brutalité de cet homme... Ah ! vous croyez, pirate, que cela se passera ainsi ? Vous vous trompez, monsieur ! C'est devant les assises que vous aurez à rendre compte de vos violences, de vos sévices : Voies de fait contre une femme sans défense. — Les assises, les assises...

— Allez-vous-en ! hurla Puychabaud hors de lui, ou sinon...

Mme Labourdette, saisie d'épouvante, vint se réfugier sous l'aile de l'expert ahuri.

— Monsieur, protégez-moi, il veut me tuer !... Oui, vous voulez me tuer ! cria-t-elle à Puychabaud avec une violence croissante, prête à le mordre. Ils l'ont vu... Messieurs, vous l'avez vu... Vous pourrez en témoigner... Oh ! quel misérable ! quel..

Elle suffoquait, ne pouvant trouver un mot adéquat à la scélératesse du personnage ; puis sans transition, avec le plus grand calme, comme si elle faisait les honneurs de son salon, elle dit à l'officier ministériel :

— Continuons l'expertise : voici la cuisine.

Gourlet et Pradilleau passèrent, l'un à droite l'autre à gauche, chacun un bras sous celui de Nestor et l'entraînèrent hors de la maison, malgré sa résistance et ses cris.

Peu après, Gourlet, très perplexe, rentrait seul dans l'immeuble Labourdette.

— Diable ! marmottait-il en gravissant

l'escalier, cette lutte entre gendre et belle-
mère prend des proportions épiques !

Arrivé sur le palier du premier étage, il
tendit l'oreille du côté de la porte pour s'as-
surer que Mme Labourdette avait fini son expertise dans le domicile de Puychabaud. En
ce moment, une voix très douce murmura
au-dessus de lui :

— Monsieur Gourlet...

— Jocelyne ! cria-t-il joyeusement en gravissant l'étage quatre à quatre.

Ils ne s'étaient pas vus depuis cinq jours,
— cinq jours d'amoureux, c'est-à-dire cinq
siècles ; non pas cinq petits siècles, composés
chacun de cent petits ans comme tout siècle
ordinaire, mais cinq gros siècles, immenses
et débordants.

Là, dans le gai salon de Mme Labourdette,
enrichi d'un erard et d'un pleyel qui se tour-
naient le dos (le pleyel était à Nestor), Gourlet
et Jocelyne s'étaient assis en face l'un de
l'autre et causaient... A les voir ainsi, tout
entiers à eux seuls, comme en extase, leur
âme dans les yeux, on devinait sans peine

qu'ils se disaient des choses d'un puissant intérêt. Et pourtant ils ne se disaient presque rien, et le presque rien qu'ils se disaient était d'une navrante banalité, — le tout entrecoupé de brusques silences tombés sans cause apparente et rompus on ne savait pourquoi.

Ah! la belle langue que cette langue mystérieuse, dont l'orthographe est si bizarrement simple et qu'on ne peut déchiffrer qu'à certaines époques de la vie et dans certains états d'âme! Les mots y sont rares et n'ont pas de sens par eux-mêmes; ils en reçoivent par la ponctuation qui les accompagne; un simple regard, un serrement de main, une inflexion de voix y remplacent avantageusement les points et les virgules, les accents graves et aigus, voire les accents circonflexes.

Et cette langue s'apprend sans qu'on l'apprenne; la pauvre paysanne qui ne sait pas lire s'exprime aussi purement que la jeune fille sortie diplômée des lycées Racine ou Fénelon... Voilà pourquoi Jocelyne et Gourlet se disaient, depuis une bonne heure, sans se lasser, avec un charme grandissant, des choses bêtes à pleurer, ou gardaient un silence bavard.

Un bruit strident de sonnette les arracha
tout à coup à eux-mêmes. C'était sans doute
Mme Labourdette qui rentrait. Ils aimaient
certainement beaucoup Mme Labourdette,
mais ils auraient mieux aimé, à ce moment,
que des occupations absorbantes l'eussent
retenue quelque temps encore hors de la
maison, attendu qu'ils n'étaient en tête à tête
que depuis cinq minutes à peine... Un simple
regard sur la pendule leur eût permis de cons-
tater qu'ils prenaient soixante minutes pour
cinq minutes, comme ils avaient pris cinq
jours pour cinq siècles. Avec quelle dextérité
cet admirable prestidigitateur qu'on appelle
l'amour jongle avec le temps, l'étire ou le rac-
courcit, l'allonge en un câble sans fin ou le
réduit à des proportions microscopiques, selon
ses besoins ou son intérêt, — et cela sans
chercher à se donner le change, aussi naturellement que le vent souffle sur les cimes ou
que la nielle croît dans les blés !

Quoi qu'il en soit, le charme était rompu.
La réalité les ressaisit. Jocelyne redevint

triste ; sa pensée se reporta sur la transfor-
mation qui s'était opérée dans son existence
depuis la brouille avec le ménage Puychabaud. Elle se déclara très malheureuse.

— Malheureuse ! ma Jocelyne malheureuse !
cria Gourlet en promenant un regard menaçant autour de lui, comme s'il cherchait pour
l'exterminer l'être pervers, quel qu'il fût, qui
rendait sa bien-aimée malheureuse.

La jeune fille raconta qu'elle ne vivait plus
depuis la fameuse rupture. Elle ne reconnais-
sait plus sa mère, si douce d'ordinaire, si
bonne, devenue irascible, violente, ne tenant
plus en place, allant, venant, montant, descendant... Puis c'étaient des larmes, des crises
de nerfs...

— Diable ! se dit Gourlet inquiet. Et maman
est ainsi... ? demanda-t-il ensuite avec précau-
tion.

— Toutes les fois qu'elle se brouille avec
son gendre. Aussi j'espère bien que vous n'imi-
terez pas M. Puychabaud !

— Il est pourtant bien soumis, M. Puychabaud ! hasarda le peintre.

— Pas assez! Maman sait mieux que lui, n'est-ce pas? ce qu'il faut pour être heureux en ménage.

— Il a peut-être ses idées à lui sur le bonheur, cet homme!

— Vous n'allez pas le défendre?

— Non.

Il mentait effrontément. En réalité il trouvait le pauvre Nestor digne de pitié et Mme Labourdette un redoutable gendarme dont il fallait se garder comme de la peste.

Jocelyne continuait :

— Maman est décidée à reporter sur vous toute sa tendresse, qui s'était égarée sur M. Puychabaud, et à se consacrer tout entière à notre bonheur.

— Tout entière, dit Gourlet avec une moue involontaire. C'est peut-être beaucoup!

— Oh! elle ne sait pas se donner à moitié.

— Eh bien! nous lui ferons une petite place.

Il ajouta mentalement : « Toute petite, toute petite... »

Et grâce à la puissance de réduction que l'homme possède à un degré supérieur, cette

« toute petite » place, déjà si petite dans son esprit, devint si petite encore qu'elle se réduisit à zéro, et que, rassuré désormais sur l'avenir, le jeune homme poussa un soupir de soulagement, tandis que Jocelyne, en sa naïve ignorance des projets révolutionnaires de son fiancé, poursuivait ingénument :

— Si vous saviez comme elle s'entend à rendre heureux son entourage ! C'est elle qui fait tout, voit tout, dirige tout. Aussi, il faut voir comme cela marche ! Avec elle, on n'a qu'à se laisser vivre. Ah ! c'est bien commode ! allez !

— Très commode, je ne dis pas. Mais si belle-maman fait tout, la femme, que fait-elle ?

— Elle aime son mari.

— Ça, c'est une occupation, c'est vrai, s'écria le jeune homme en saisissant la main de Jocelyne qui avait baissé les yeux confuse, c'est une noble occupation et elle n'y saurait consacrer trop de temps...

— Ah ! nous serons bien heureux avec maman, allez !

Maman... toujours maman ! Gourlet impatienté lâcha la main de Jocelyne.

— Mais enfin, s'écria-t-il imprudemment, nous n'allons pas l'avoir toujours sur le dos !

— Oh ! pardon ! reprit-il vivement ; je veux dire : elle nous laissera bien quelque répit ?

— Pourquoi faire ?

— Le tête-à-tête a bien son charme. Si gentille que soit belle-maman, on aime parfois à se retrouver seul avec son autre soi-même... Nous irons courir les bois...

— Comme Zyte et Nestor.

— C'est cela !

— Maman adore ces promenades !

La mine de Gourlet s'allongea :

— Comment ! maman...

— Elle ne quittait pas Zyte, et d'ailleurs ils y étaient tellement habitués qu'ils ne se seraient pas amusés sans elle. — Vous aimez La Bourboule ?

— La Bourboule ?

— Maman y fait tous les ans une cure.

— Bravo ! nous en profiterons pour filer à Trouville ou à Dieppe.

— Y pensez-vous ?... et maman ?

— Très heureuse, maman : elle prendra les eaux de La Bourboule !

— Oh ! elle ne consentirait jamais à nous quitter !

— Elle ne peut pas nous traîner à La Bourboule, cependant ! fit Gourlet révolté.

— Zyte et Nestor y vont depuis leur mariage.

Si Gourlet n'eût pas adoré Jocelyne, il eût trouvé quelque justesse à l'épithète sévère dont Pradilleau avait usé récemment à l'égard de sa fiancée ; mais il était trop amoureux pour ne pas admirer dans les paroles de Jocelyne, le témoignage d'un amour filial des plus respectables. Il était d'ailleurs sûr de l'influence qu'il exercerait sur cette âme jeune et tendre, en voie de formation, où rien d'ineffaçable n'avait encore laissé d'empreinte.

Seulement il se dit qu'il fallait se défier un tantinet de Mme Labourdette et avoir soin de maintenir entre sa vie et la leur la poésie d'un peu d'éloignement.

XVII

LES DEUX GENDRES

Comme si elle attendait ce moment, Mme Labourdette, le visage congestionné, en proie à une agitation qu'elle n'essaya pas de dissimuler, entra vivement dans le salon où se trouvaient les deux jeunes gens.

A la vue de Gourlet, elle eut un cri de soulagement, courut à lui, prit ses mains dans les siennes et gémit suppliante, avec des larmes dans la voix :

— Monsieur Gourlet, emmenez-moi loin... bien loin de cette horrible maison !

Elle se rappelait qu'il avait à Auteuil une vaste villa.

— Pas si vaste ! se hâta de dire Gourlet. Il y a bien du terrain perdu, allez !... Et puis la salle à manger est bien petite, bien petite.

Elle le regarda inquiète :

— Seriez-vous fâché de me recevoir chez vous ?

— Moi !... répondit Gourlet avec feu. Vous pourriez croire ?... Au contraire... Enchanté ! je suis enchanté !

— Il me le disait tout à l'heure, corrobora Jocelyne.

— Je ne pense qu'au bonheur de vous avoir auprès de nous... Vous y serez à l'étroit, c'est vrai... Vous aurez de la peine à vous mouvoir dans votre chambre à coucher, c'est encore vrai...

— Mais nous nous sentirons les coudes ! remarqua gaiement Mme Labourdette.

— C'est cela !... C'est si bon de se sentir les coudes !

Il ajouta, timidement :

— Il y a pourtant, à côté, la gare d'Auteuil... On entend la nuit siffler les trains.

— Eh bien, nous les laisserons siffler !

Elle se mit à rire.

— Ce qu'ils vont être vexés de siffler tout seuls ! ajouta-t-elle.

Gourlet se tenait littéralement les côtes.

— Vont-ils être vexés ! bafouilla-t-il.

Il continua, moins folâtre :

— Si je vous parle ainsi, c'est que nul mieux que moi ne connaît les inconvénients d'Auteuil... Sans compter qu'Auteuil n'est pas joli joli...

— Cependant, vu du pont...

— Certainement, vu du pont. Mais enfin, on ne peut pas toujours être sur le pont !

— Il est plein d'esprit, ton fiancé !

Jocelyne fut de cet avis. Elle jeta un long regard sur le jeune peintre. Il lut dans ce regard une admiration si absolue que la phrase qu'il avait hésité à lâcher tant il la savait stupide, lui parut éminemment spirituelle et qu'il n'aurait pas voulu pour un empire ne pas l'avoir prononcée. Ils seraient restés longtemps à se regarder ainsi, bien loin de Mme

Labourdette, qui était si près cependant, lorsque cette dernière s'écria tout à coup avec transport :

— Mon gendre, désormais je ne vous quitterai plus !

Lourdement, du pays du rêve, tout là-haut dans un coin de ciel ensoleillé, Gourlet tombait dans les bras de sa belle-mère. Quelle chute ! Il ne put réprimer une grimace, qu'il transforma le plus rapidement possible en une explosion de joie suprême.

— Ah ! quel bonheur ! mon Dieu, quel bonheur ! articulait-il péniblement ; puis changeant de ton : Cependant, ce pauvre Puychabaud...

— Ne me parlez pas de cet homme !

— Je serais un criminel si je lui disputais la part d'affection à laquelle il a droit dans votre cœur.

— Je ne le connais plus !

— Mais il vous connaît, lui ! Mais il sait apprécier, lui, vos vertus domestiques, votre science consommée du ménage...

— Vous n'avez donc pas vu comment il m'a traitée ?

— Mais, vous, de votre côté...

Il s'arrêta à temps.

— Enfin, reprit-il, c'est un moment d'oubli qu'il regrette...

— Il ne l'a guère montré !

— C'est qu'il n'ose pas ! Il est plein de délicatesse ce garçon.

Il ajouta avec indignation :

— Et vous voulez que je désespère ce noble cœur, assoiffé d'affection, en lui volant sa belle-mère ? Dieu merci, je ne suis pas encore descendu si bas ! — Alors, c'est entendu : il entre, vous ouvrez vos bras, il s'y jette...

— Non, monsieur Gourlet. C'est fini, voyez-vous. Il est des offenses qu'on ne peut oublier.

— Si vous saviez ce que j'ai fait pour lui ! ajouta-t-elle, tandis que sa voix se brisait. Mais il m'aurait demandé ma vie que je la lui aurais donnée... Oh ! sans hésitation, je vous le jure ! Et lui, l'ingrat, il...

Elle n'acheva pas. Elle avait tant aimé son gendre — et probablement elle l'aimait tant encore, quoi qu'elle en dît — qu'elle ne put maîtriser l'émotion qui l'étranglait : elle éclata brusquement en sanglots et se jeta dans les bras de Gourlet stupéfait.

— Oh ! je suis bien malheureuse ! fit-elle avec une expression déchirante qui remua profondément le jeune peintre.

Ce n'étaient pas seulement les yeux qui pleuraient chez elle, c'était le corps tout entier, secoué par de grands frissons.

— Madame, chère madame, dit le jeune homme très ému, tapant gentiment, avec des gestes de mère-gâteau, dans le dos de belle-maman.

Il se serait bientôt fatigué de cet exercice monotone, si Jocelyne né l'avait imité, et alors il frappa sur la main de la fille au lieu de frapper dans le dos de la mère et il trouva une si grande différence entre cette main et ce dos, qu'il aurait continué ainsi, sans se lasser, jusqu'au lendemain.

Pendant ce temps, Madame Labourdette disait :

— Laissez-moi pleurer... Ça me fait du bien !... Les larmes m'étouffaient. Vous avez dû me croire bien méchante, monsieur Gour-

let , en voyant mon attitude vis-à-vis de
M. Puychabaud, en entendant le langage que
je lui ai tenu... Je ne sais pas quel démon me
poussait... Mais je ne ferais pas de mal à une
mouche, moi ! Et pour peu qu'il se fût montré
repentant.... Mais non, il a été implacable ! —
Ne dites pas le contraire ! Il n'a pas de cœur,
il me déteste, — je le sens bien, allez !... Il me
déteste, et c'est cette idée qui me désole ; car,
j'ai beau m'en défendre, hélas ! je le hais trop
pour ne pas l'aimer encore un peu !

— Vous voyez bien !

— Mais je suis guérie... bien guérie !.. Il m'a
fait trop souffrir... Ça me saigne encore là...
D'ailleurs, n'allez-vous pas prendre sa place
dans mon cœur, mon cher enfant ?... Oh !
comme je vous aimerai, vous ! — Mais il faut
se hâter ; je mourrais si je restais plus longtemps à ne rien faire, à me débattre dans le
vide... J'ai besoin de me dépenser autour de
moi, d'agir, de commander, d'organiser, de
mettre en ordre... non pas dans un but
égoïste, ah ! Dieu non. Je n'ai qu'un désir :
rendre heureux ceux que j'aime, aplanir pour

eux les difficultés de la route, leur faire la vie douce et bonne... Il faut que j'aime, voyez-vous, et haïr, je ne le pourrais pas !

— Alors, c'est dit : Puychabaud entre, vous ouvrez vos bras, il s'y jette...

— Jamais !

— Jocelyne, aidez-moi donc à fléchir maman.

— Inutile ! Je n'ai plus qu'un gendre, que je ne quitterai plus désormais : vous !

— Vous m'aimez trop, belle-maman, vous m'aimez trop !

— Que direz-vous donc lorsque vous m'aurez toujours auprès de vous ?

Et sur le seuil de la porte, tandis que Gourlet prenait congé, elle répéta avec effusion :

— Toujours ! toujours ! toujours !

— Jamais ! jamais ! jamais ! brailla Gourlet en descendant l'étage.

Il s'arrêta chez Puychabaud. L'atelier était vide. Nestor ne rentra qu'au bout d'une heure.

— Eh bien ?

— Je vais la faire empoigner par la police, répondit Puychabaud dont l'exaltation était loin d'être tombée.

Gourlet prit un air grave, fit asseoir son
ami, s'assit à son tour et commença en ces
termes :

— Puychabaud, avant mon arrivée dans
cette maison, le bonheur régnait dans ton
ménage ; la discorde est entrée par la fenêtre
à l'heure précise où j'entrais par la porte. J'ai
brouillé mari et femme, j'ai divisé gendre et
belle-mère, j'ai fomenté la guerre civile au
sein même de la concorde, de l'harmonie et de
la paix. — Tout le mal venant de moi, mon
devoir est de le réparer : Nestor, je te cède
tous mes droits sur Mme Labourdette !

— Ah çà ! te moques-tu ? Elle m'abhorre et
je l'exècre...

— Allons donc ! vous vous adorez ! L'excès
même de votre haine le prouve. Vous mettez
une telle furie à taper l'un sur l'autre qu'il est
clair comme le jour que cette exaltation est
factice. — Elle me l'a dit, du reste. — Ne fais
donc plus l'enfant : reprends ta belle-mère !

— Je n'en veux plus !

— Ne blasphème pas ! Tu te mens à toi-
même ! Je sais que ce phénix des belles-mères,

qui n'est pas moins désireux que toi de mettre
un terme à cette comédie, est indispensable à
ton bonheur. Et tu pourrais me croire capable
de te l'enlever, moi, ton ami, — moi presque
ton frère !

— Mais...

— Pour qui me prends-tu ? Garder pour
moi ce présent du ciel, accaparer ce trésor de
bonté, monopoliser cette providence du ménage !... Tu me connais assez pour savoir que
je suis incapable d'une telle indélicatesse. Tu
as une belle-mère, garde-la !

— Pardon, je ne l'ai plus !

— Mais tu l'auras, — non pas demain, non
pas ce soir, non pas dans une heure, mais à
l'instant ! Je l'appelle, elle entre, tu ouvres
les bras, elle s'y jette...

— Jamais !

— Comment ! malheureux...

— D'ailleurs je ne veux pas que tu te sa-
crifies.

— Je ne suis qu'un gendre numéro deux,
Toi, tu as conquis tes chevrons. Tu t'es créé
par tes campagnes un droit de préemption sur

cette femme incomparable qui fait l'admiration de ceux qui la connaissent...

— Aussi je ne veux pas t'en priver. Crois-tu par hasard avoir le monopole du dévouement et de l'abnégation ? Mon cher Gourlet, je te cède belle-maman.

— Te dépouiller pour moi ! Tu pourrais croire ?...

— Et toi, tu pourrais supposer?...

— Garde-la, mon ami...

— Non, vraiment, je te la passe.

— Après toi !

— Non, après toi ! — D'ailleurs, quoi que tu dises, nous ne pouvons plus nous sentir, belle-maman et moi. Elle avait deux gendres, j'en supprime un, reste toi. Or, comme elle ne consentira jamais à vivre seule, tire toi-même la conclusion.

Il ne fallut pas à Gourlet dépenser une somme énorme de travail intellectuel pour tirer la conclusion demandée ; elle lui parut si troublante qu'il eut la vision rapide d'une araignée monstrueuse s'élançant, les mandibules affamées, sur une pauvre mouche em-

pêtrée dans la toile. L'araignée c'était belle-
maman ; la mouche, c'était lui. Il eut un vio-
lent mouvement de colère.

— Tu n'agis pas en galant homme ! s'écria-
t-il.

— Ah ! permets !...

— Tu m'attires perfidement chez toi, tu
m'entortilles sous prétexte de mariage ; puis,
ton œuvre ténébreuse accomplie, tu t'esquives
en déposant ta belle-mère dans mes bras...

— Qui te force à épouser Jocelyne ?

— Mais je l'aime, animal ! — Alors tu ne
veux pas la reprendre ?

— Non, je te la laisse pour compte !

— Je m'attendais à mieux de la part d'un
ami, presque d'un frère !

Il ajouta, de plus en plus monté :

— Il est vrai que lorsqu'on est capable de
chasser cette chose sacrée qu'on appelle une
belle-mère...

— J'ai fait ce que j'ai voulu !

— Pradilleau avait bien raison...

— Pradilleau a toujours raison ! dit Pradilleau qui rentrait juste à ce moment.

— ... quand il me disait : « Puychabaud n'est qu'un égoïste ! »

— Tu as dit ça, toi ?

— Mais...

— Je m'en vais ! fit sèchement Gourlet.

— Tu feras bien ! — Bonsoir !

Sur le seuil de la porte, Gourlet cria :

— Qu'un égoïste !

Et il disparut.

— Egoïste toi-même ! — Ah çà ! Pradilleau, tu fais courir ce bruit ?

Pradilleau haussa les épaules :

— Te voilà déjà brouillé avec les internalistes, avec les externalistes, avec ta belle-mère, avec ta femme, avec ta bonne, avec Gourlet ! Vas-tu maintenant te brouiller avec moi ?... Tu ferais mieux de te mettre au travail.

— Justement Mouchette va venir.

— Tu l'as avertie ?

— Je lui ai envoyé un petit bleu.

Pradilleau sursauta. De toutes les querelles de ménage dont il avait été jusqu'alors le témoin, aucune n'avait pris un tel caractère

d'acuité. En général elles étaient de peu de
durée, grâce à belle-maman. Comme ces gou-
telettes d'eau qui s'arrondissent au bout du
chalumeau en énormes bulles irisées, les
brouilles de Nestor et de Zyte, aussi creuses,
se gonflaient démesurément de bruit et cre-
vaient au moindre souffle de Mme Labourdette. Mais seule Mme Labourdette savait
souffler et aujourd'hui les conditions étaient
changées. Non seulement cette dernière n'ap-
portait pas le rameau de paix, comme dit
Racine, mais elle allumait le flambeau de la
discorde, ainsi que s'exprime Corneille. De
plus, Zyte, cruellement blessée dans son
amour-propre, paraissait décidée à ne pas se
rendre sans résistance,

Cependant la situation, quoique tendue,
était loin d'être désespérée. Il sautait aux yeux
que tout finirait par s'arranger ; à moins, toutefois — car il y avait un gros : à moins, toutefois, — à moins, toutefois, que Nestor ne
commît la folie de braver ouvertement sa
femme en installant dans son atelier, en vio-
lation de la parole donnée, Mlle Mouchette

Jagailloux. Cela, Zyte ne le pardonnerait jamais. Pradilleau en était certain. Aussi supplia-t-il instamment Nestor de ne pas transformer, par un coup de tête absurde, une petite brouille insignifiante en une rupture grave, peut-être définitive.

Pour toute réponse, Puychabaud envoya son ami au diable et passa dans son cabinet de toilette pour revêtir un veston de travail.

XVIII

LA CATASTROPHE

Pradilleau, mélancolique, suivit Puychabaud du regard.

— Voilà comment les empires s'effondrent !
soupira-t-il.

Il monta chez Mme Labourdette et la mit
au courant des projets de son gendre. La
brave dame devint toute pâle. Elle connaissait
sa fille, caractère inerte et passif, sauf sur un
point qu'exagérait encore son tempérament
neurasthénique : la jalousie. La découverte de
Mouchette en simple appareil dans l'atelier de
son mari l'avait positivement horrifiée ; elle

en eut des insomnies, pleura maintes fois sur
le sein de sa mère et ne reprit sa tranquillité
d'esprit que lorsque Nestor, cédant à ses
prières, se lia par un serment solennel, qu'elle
croyait inviolable.

Voilà pourquoi Mme Labourdette, sans
perdre une minute, sauta dans un fiacre et
courut au domicile du modèle. Le beau Jules,
dont le sourire cynique lui servait amplement
de casquette à trois ponts, l'informa que son
épouse était allée poser chez M. Puychabaud.

Mme Labourdette revint précipitamment
avenue de Villiers, où elle constata avec satisfaction que la jeune femme n'avait pas
encore paru. Il fut convenu que Pradilleau
se posterait dans la rue pour l'empêcher de se
rendre au rendez-vous.

Au même instant un coup de sonnette se
fit entendre. Mme Labourdette et Pradilleau
se regardèrent consternés.

Ce dernier se précipita vers l'antichambre
en grommelant :

— Ah! sapredié! je l'empêcherai bien
d'entrer !

Belle-maman mesura le danger d'un coup d'œil. Si Zyte surprenait Mouchette, la paix du ménage était compromise, et cette fois pour longtemps — pour toujours peut-être.

Un éclat de voix la fit tressaillir. Il provenait de l'antichambre. Pradilleau disait :

— Tu n'entreras pas !

Mme Labourdette perdit la tête. Evidemment sa fille allait entendre les éclats de voix. La catastrophe était imminente. D'autant plus que Puychabaud sortait en ce moment de son cabinet, demandant :

— Est-ce toi, Mouchette ?

Mme Labourdette, ne voulant pas être surprise par son gendre, n'eut que le temps de disparaître derrière la draperie du fond, qui masquait l'estrade.

De son côté, Mouchette se débattait, sur le seuil de la porte de l'atelier, entre les mains de Pradilleau. Elle aperçut Nestor :

— Votre Pradilleau est fou, lui dit-elle en riant, il veut m'empêcher d'entrer.

— Tu n'entreras pas ! répéta le bohème avec force.

En même temps il poussa un cri de détresse :

— Mme Puychabaud !

Nestor ne put dissimuler un certain malaise. Mouchette, à son tour, devenait inquiète. Est-ce que la scène de l'autre jour allait recommencer ?

— Cache-toi, malheureuse ! lui cria Pradilleau avec un tel accent d'effroi qu'elle en devint effarée elle-même.

— Elle est entrée, vous dis-je.

C'était la voix de Zyte, — une voix tremblante de colère et d'indignation. On entendit en même temps Jocelyne et Gourlet essayer de la convaincre.

Puychabaud était tout décontenancé. Il comprit qu'il jouait avec son bonheur. Mouchette, effrayée, s'était réfugiée sur l'estrade, derrière la draperie.

Zyte, repoussant Jocelyne et Gourlet, se précipita dans l'atelier toute blanche, les yeux pleins d'éclairs :

— Où est-elle, cette créature ?

Chacun se regarda interdit. Impossible d'éviter un éclat ! Pour comble de malheur,

la draperie, derrière laquelle Mouchette était
tapie, sur l'estrade, s'agita d'une manière im-
perceptible.

Zyte l'aperçut.

— Sortez, impudente! cria-t-elle; et, dans sa
rage, elle saisit la draperie à deux mains et
l'arracha.

Un spectacle extraordinaire s'offrit alors aux
regards. On aperçut sur l'estrade, dans une
pose adorable, Mme Labourdette enveloppée
d'un péplum de pourpre, la tête couronnée
de fleurs...

— Mon gendre, dit-elle de sa voix des jours
heureux, quand vous voudrez, je suis prête.

— Eh quoi! balbutia Zyte confuse, c'était...

Puychabaud fit explosion.

— C'était, s'écria-t-il, incapable de modérer
son transport, c'était... l'ange du foyer!

Mme Labourdette se dressa, les yeux rem-
plis de larmes, ouvrit ses bras et cria d'une
voix où elle mit toute son âme :

— Mon gendre!

— Belle-maman?

Et prenant son élan, Puychabaud fendit

l'air et disparut dans le péplum de Mme Labourdette.

— Cette fois, c'est rivé ! se dit Gourlet en poussant un soupir d'allégement, tandis que Mouchette s'éloignait à pas de loup et que Mme Labourdette expliquait à sa fille que, réconciliée avec son gendre, elle avait, d'accord avec lui, imaginé cette scène pour surprendre agréablement Zyte.

— Tableau ! cria joyeusement Pradilleau ; — et, désignant le groupe que formaient Nestor et Mme Labourdette, il ajouta, sur un ton de boniment de montreur de monstres apprivoisés : le Bon Gendre et la Bonne Belle-Mère !

FIN

TABLE DES MATIÈRES

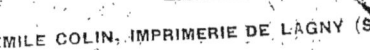

ÉMILE COLIN, IMPRIMERIE DE LAGNY (S.-&-M.)

16

AVIS DE L'ÉDITEUR

Le but de la collection des *Auteurs célèbres*, à **60** *centimes* le volume, est de mettre entre toutes les mains de bonnes éditions des meilleurs écrivains modernes et contemporains.

Sous un format commode et pouvant en même temps tenir une belle place dans toute bibliothèque, il paraît chaque quinzaine un volume.

CHAQUE OUVRAGE EST COMPLET EN UN VOLUME

POUR LES Nᵒˢ 1 A 405, DEMANDER LE CATALOGUE SPÉCIAL

En jolie reliure spéciale à la collection, **1 fr. le vo**

ENVOI FRANCO CONTRE MANDAT OU TIMBRE

Imprimerie LAHURE, rue de Fleurus, 9, à Paris